Karen Hagen

Bin am Wetter am Gucken

*Das Buch*


Das Buch erzählt auf heitere und selbstironische Art die Geschichte einer jungen Frau auf der Suche nach der großen Liebe.

Die ganz große Liebe…Viele Menschen sind auf der Suche nach ihr. Einige finden sie mit jungen Jahren. Andere wiederum suchen sie ein ganzes Leben lang vergebens. Dann gibt es Menschen, die das Glück ohne es zu merken in Händen halten und die Liebe des Lebens wieder gehen lassen Erst, wenn ihnen das Glück aus den Händen geglitten ist, wird ihnen bewusst, was sie verloren haben und warten darauf, dass Fortuna ihnen eine zweite Chance gibt.

Als die neunzehnjährige Nora Anfang der 70er-Jahre den sieben Jahre älteren Hannes Mertens heiratet, glaubt sie, die große Liebe gefunden zu haben. Fünf Jahre später verlässt sie ihn – enttäuscht von der Ehe und von ihrem Ehemann. Ihre fünfjährige Tochter nimmt sie mit.

Nach der Trennung von ihrem Mann lebt Nora zehn Jahre lang ohne Partner. Sie konzentriert sich auf ihr Kind und ihren Job. Mutter und Tochter führen ein gutes Leben, bis Nora Lutz Kowalski kennenlernt, einen

„schlagfertigen", cholerischen Alkoholiker. Er nistet sich wie ein Schmarotzer in ihrem Leben ein. Als sie nach acht gemeinsamen Jahren endlich die Kraft findet, sich von ihm zu trennen, ist sie finanziell ruiniert.

Zehn lange Jahre braucht sie anschließend, um ihre Schulden Cent für Cent an eine allzu freigiebige Bank zurückzuzahlen. Doch schlimmer noch sind die seelischen Wunden, die sie durch das Erlebte davonträgt. Jahrelang begleiten sie schlimme Albträume und Stimmen, die sie plötzlich hört.

Dennoch hat Nora ihren Glauben an das „Gute im Mann" nicht verloren. Sie geht online auf Partnersuche. „Das Web ist eine Schlangengrube", so lautet die Bilanz nach einem Jahr vergeblicher Suche. „Gibt es denn hier nur sexuell abartige Männer? Oder Männer, die durch Cyber-Sex Befriedigung suchen?", fragt sich Nora beinahe resignierend.

Als sie schon fast aufgeben will, lernt sie im Web den zehn Jahre jüngeren Hein Schmitz aus dem Kölner Raum kennen, der mit seiner fröhlichen und unkomplizierten Art die Leichtigkeit zurück in ihr Leben bringt und ihr hilft, das Erlebte zu vergessen.

Nora hat mit 50 Jahren endlich ihre große Liebe gefunden, nach der sie so lange vergeblich gesucht hat. Bringt die Diagnose nach einer Krebsvorsorgeuntersuchung das Glück wieder ins Wanken?

## Die Autorin

Karen Hagen wurde im Ruhrgebiet geboren und ist dort aufgewachsen. Sie lebte in den Städten Essen, Bochum-Wattenscheid sowie Gelsenkirchen und Mülheim an der Ruhr. Als sie ihren Lebensgefährten kennenlernte, zog sie zu ihm in das Rheinland. Dort lebt sie heute noch.

Für Valerie (verstorben im Februar 2012)

# Prolog

Es war ein schöner, warmer Sommerabend. Nora saß mit ihrem Freund Hein auf dem Balkon. Sie genossen den Feierabend. Vor vier Jahren war sie zu ihm in das elterliche Zweifamilienhaus im Rheinland gezogen. Sie, ein Kind des Ruhrgebiets und der Großstadt. Nun lebte sie in einem kleinen Dorf im Bergischen Land, in dem sich Fuchs und Hase gute Nacht sagen. Nora musste lächeln. Das war schon ein tiefer Einschnitt in ihrem Leben. Sie hatte ihn aber bisher noch nicht bereut. Nora trank einen Schluck Kölsch und lauschte dem leisen Zirpen der Grillen. Sie schloss die Augen, lehnte sich in ihrem Stuhl zurück und war ganz in Gedanken versunken, als Hein aufstand und sich über das Geländer beugte. Nora hörte, wie er seiner Mutter Luise, die auf der Terrasse ihrer Parterrewohnung stand und mit erhobenem Kopf den Himmel absuchte, zurief: „Wat machste?"
Luise hielt ihre rechte Hand wie einen Schirm

über die Augen, um sie vor der immer noch kräftigen Abendsonne zu schützen. Dabei sah sie zu ihm herauf.

„Waaas?", fragte sie zurück.

„Wat machste?", rief er erneut etwas lauter in ihre Richtung.

„Nichts. Bin am Wetter am Gucken. Der Himmel ist klar, wird schön morgen."

Nora überlegte, wie der Satz im Ruhrpottslang lauten würde. – Ja, jetzt hatte sie es. Der Ruhrpottler würde in diesem Fall sagen: „Is dat ein Wettaken, wat? Morgen wird schön. Kannste sehen."

Die beiden unterhielten sich leise im kölschen Dialekt weiter, ohne dass Nora den Sinn der Unterhaltung aufnahm, so sehr war sie mit ihren eigenen Gedanken beschäftigt. Für den folgenden Tag war ein Termin im hiesigen Krankenhaus angesetzt, vor dem sie ein wenig Angst hatte. Bei der letzten Mammographie war „etwas nicht in Ordnung", wie man ihr sagte. „Sie müssen dringend eine Biopsie machen lassen. Es muss eine Gewebeprobe entnommen werden, damit wir Klarheit haben", hatte ihr die

Frauenärztin beim letzten Besuch in der Praxis klar zu machen versucht. Sie telefonierte in Noras Gegenwart mit der hierfür zuständigen Kollegin aus dem Spital und wandte sich ihr wieder zu: „Übermorgen, acht Uhr. Das ist ein Donnerstag. Können sie dann?" Sie sah Nora fragend an.

Natürlich konnte sie. Der Termin war fixiert. „Warum geht das denn immer so schnell?", fragte sie sich. „Sie lassen einem gar keine Zeit, die Gedanken zu ordnen. Oder ist das etwa Absicht?"

„Ich schreibe Ihnen jetzt noch ein Schlafmittel auf, damit Sie besser einschlafen können. Und machen Sie sich keine Sorgen, ab dem 50. Lebensjahr ist der Krebs nicht mehr so aggressiv." „Wie beruhigend", hätte Nora am liebsten geantwortet. Verkniff sich das aber im letzten Moment. Mit diesen Worten wurde sie aus der Praxis entlassen.

Das war jetzt eine Woche her. Sieben lange Tage und Nächte, an denen sie an nichts anderes denken konnte, als an den Brustkrebs und die Amputation ihrer Brüste. Selbst wenn sie versuchte, sich abzulenken, ihre Gedanken kehrten immer wieder dorthin zurück. Selbst mit dem Tod setzte sie sich auseinander.

„Nein, so schnell stirbt man nicht", verwarf sie sogleich ihre düsteren Gedanken. Sie würde auch diesmal den Kampf aufnehmen. Mitte 50 war sie nun. Und das sollte jetzt das Ende sein? „Morgen weißt du mehr", versuchte sie sich zu beruhigen. „Die Gewebeprobe war entnommen. Das Ergebnis würde ihr in nicht einmal 24 Stunden mitgeteilt werden. „Außerdem bist du nicht alleine, Hein ist an deiner Seite und steht dir bei." Sie beobachtete ihn aus den Augenwinkeln und ein warmes, wohliges Gefühl durchströmte ihren Körper. Dann schweiften ihre Gedanken zurück. Zurück zu den Anfängen.

# 1. Kapitel

## Hannes

Nora war 18 Jahre alt, als sie den sieben Jahre älteren Hannes Mertens kennenlernte. Sie war eine hübsche, junge Frau mit langen, lockigen dunklen Haaren, hohen Wangenknochen und grünen Augen. Ihre Figur war von sehr weiblicher Erscheinung: vollbusig, schmale Taille und breite Hüften. Sie war nur 1,65 Meter groß und ihrer gesamten Erscheinung haftete noch ein wenig „Babyspeck" an. Wie hübsch sie war, das wusste sie nicht. Ganz im Gegenteil, aus ihr nicht bekannten Gründen fand sie sich eher hässlich. Die Tatsache, dass die Männer ihr nachsahen, führte sie auf ihre umfangreiche Oberweite zurück. „Männer stehen nun mal auf so was", dachte sie sich. Es war ihr eher unangenehm.

Nora hatte eine kaufmännische Ausbildung in einem kleinen Familienbetrieb absolviert, der in Essen-West ansässig war. Danach wurde sie dort auch weiter beschäftigt.

An diesem Tag hatte sie im Büro viel zu tun. Als sie auf die Uhr sah, war es schon halb fünf. „Endlich Feierabend", dachte sie. „Jetzt schnell zur Haltestelle und ab nach Hause!"

Sie wohnte zusammen mit ihrer jüngeren Schwester noch im Haushalt ihrer Mutter, die eine gut gehende Trinkhalle im Essener Norden bewirtschaftete. Im angrenzenden Raum des Verkaufsstandes waren ein paar Stehtische aufgestellt. Mutter Gloria servierte dort den Kunden belegte Brötchen, Kaffee und Kuchen. Wenn Nora von der Arbeit kam, half sie dort aus.

Nora stand an der Haltestelle. Die Bahn war ihr gerade vor der Nase weggefahren und es hatte auch noch angefangen zu regnen.

Die Stimme ihres Kollegen Hannes Mertens riss sie aus ihren Gedanken: „Hallo Nora! Kann ich dich wohin fahren?" Er stieg aus, um ihr die Autotür aufzuhalten.

Sie kannte ihn flüchtig, aber als sie neben ihm stand, fiel ihr zum ersten Mal auf, wie groß er war. „Der muss doch mindestens zwei Meter groß sein", dachte sie, „groß und schlaksig." Er trug den für diese Zeit typischen Oberlippenbart und die dunklen Haare etwas länger. „Typischer 70er-Jahre-Style", dachte Nora. Sie musterte ihn aus den Augenwinkeln und kam zu dem Ergebnis: „Sieht ja eigentlich ganz nett aus." Hannes war ihr in der Vergangenheit nicht sonderlich aufgefallen. Das mochte auch daran gelegen haben, dass sie ihn tagsüber kaum sah, weil er im Außendienst tätig war. Aber er war ein charmanter Unterhalter. So war die Zeit während der Fahrt wie im Fluge vergangen und schon stoppte Hannes den Wagen vor der Trinkhalle von Mutter Gloria. Er verabschiedete sich höflich von ihr, wendete den Wagen, winkte ihr noch einmal zum Abschied zu und fuhr weg.

„Wer war das denn?", Mutter Gloria hatte sie beide ankommen sehen. Und ohne eine Antwort abzuwarten, fügte sie hinzu: „Der sieht aber wirklich sympathisch aus."

„Mutter, das ist nur ein Kollege, der mich nach Hause gefahren hat", antwortete Nora genervt.

„Aha. Nur ein Kollege." Ein vielsagender Blick traf Nora, die das aber gar nicht mehr sah, weil sie sich schon im Treppenhaus befand und auf dem Weg in die Wohnung war.

Von nun an kam Hannes jeden Nachmittag, um seinen Kaffee im Büdchen von Mutter Gloria zu trinken. So ganz nach dem Motto: Der Weg zum Herzen einer Frau führt über die Schwiegermutter.

*

Hannes schlich sich langsam, aber sicher in Noras Leben und machte sich unentbehrlich. Er holte sie nachmittags vom Büro ab, und wenn sie im Büdchen aushalf, wartete er im Kaffeeshop auf sie und trank eine Tasse Kaffee nach der anderen, bis sie fertig mit der Arbeit war.

Die Wochenenden verbrachten sie zusammen. Sie gingen essen, unternahmen lange Spaziergänge und gingen zum Tanzen, denn Nora tanzte für ihr Leben gerne. Sie tanzte auch gut, ganz im Gegensatz zu Hannes. Aber er zeigte guten Willen. Da verzieh sie ihm großmütig, dass sie manchmal nicht richtig auftreten konnte, weil er ihre Füße mit seinen unbeholfenen Tanzschritten malträtiert hatte.

Die berühmten Schmetterlinge im Bauch verspürte sie zwar nicht, wenn er in ihrer Nähe war, aber sie mochte ihn sehr gerne. Sie fühlte sich wohl in seiner Gegenwart. Mit seinen 25 Jahren war er auch schon viel reifer als die Jungen in Noras Alter.

Hannes wusste genau, was er wollte, nämlich heiraten und eine Familie gründen. Und Nora sollte seine Ehefrau werden. Doch von seinen Plänen ahnte sie zu diesem Zeitpunkt noch nichts.

Hannes wohnte seit einiger Zeit wieder bei seinen Eltern, er war in sein altes Kinderzimmer zurückgekehrt, nachdem er bei seiner ehemaligen Freundin ausgezogen war. Eines Abends sagte er zu Nora, als er sie zu Hause abholte: „Meine Eltern sind heute den ganzen Abend nicht da. Komm wir fahren hin. Ich will dir zeigen, wie ich lebe."

„Aha", dachte sie, „sturmfreie Bude", und wusste sogleich, was an diesem Abend passieren sollte. Nora war bereit dazu.

Im Hause der Eltern angekommen, fing Hannes sofort an, sie leidenschaftlich zu küssen und sie dabei zu entkleiden. Nora erwiderte seine Küsse und versuchte dabei ungeschickt sein Oberhemd aufzuknöpfen. Bald lagen sie nackt auf einem dicken Federbett und liebten sich leidenschaftlich. Hannes war ein erfahrener, guter Liebhaber und Nora gab sich ihm bedingungslos hin.

Als sie beide später völlig atemlos nebeneinander lagen, wurde Hannes plötzlich hektisch. Er rannte sofort ins Badezimmer, um sich zu waschen und sich anschließend schnell wieder anzukleiden. Nora sah ihm verständnislos nach. Erst als ihr Blick im Zimmer umherwanderte, wusste sie, warum er es so eilig hatte. Sie befanden sich im Schlafzimmer seiner Eltern und hatten sich in deren Bett geliebt.

„Vielleicht kommen sie auch eher nach Hause!", hörte Nora ihn aus dem Bad rufen. Aber da stand sie schon wieder angezogen hinter ihm.

„Setz dich auf den Balkon. Ich komme gleich nach, Maus." „Maus" nannte er sie seit Neuestem. Als Hannes den Balkon betrat, brachte er Wein, Gläser und eine Gitarre mit. Es war Vollmond, ein sternenklarer Himmel. Hannes sang seiner Maus ein Liebeslied und spielte dabei Gitarre. Es war der romantischste Abend, den sie in ihrer ganzen Beziehung hatten.

*

Hannes hatte sich bald darauf in der Nähe ihrer Wohnung ein Apartment gemietet. Eines Tages sagte er zu ihr: „Du, ich muss dir was gestehen." Seine Stimme war kaum wahrnehmbar und sie klang sehr gepresst.

Nora erstarrte innerlich. Jetzt war es wohl an der Zeit für Geständnisse. „Was hat er gemacht?", dachte sie. „Ist er vielleicht vorbestraft? Hat er eine Bank überfallen? Oder ist er in illegale Geschäfte verwickelt? Gibt es in der Familie Erbkrankheiten?" Sie hielt die Luft an und pustete sie hörbar aus. Dann fragte sie: „Ja, was denn?" Sie wagte kaum zu atmen.

Er sah sie mit seinen wunderschönen blauen Augen ängstlich an. Dann hörte sie ihn endlich sagen, es war mehr ein Flüstern: „Ich hab angeklebte Ohren."

Nora verstand nicht richtig. „Was hast du?",

fragte sie nochmals nach.

„Angeklebte Ohren. Ich habe abstehende Ohren und ich klebe sie mir immer mit einem Klebstoff an der Ohrmuschel fest, damit sie anliegend sind." Jetzt überschlug sich seine Stimme fast. „So, jetzt weißt du es endlich", kam es fast trotzig aus ihm heraus.

Noras Mund war halb geöffnet, die Augen aufgerissen. „Jetzt bloß nicht lachen, bloß nicht lachen!", rief sie sich zur Ordnung. Sie kniff sich schnell in den Oberschenkel, weil die Vorstellung, dass er sich jeden Morgen die Ohren anklebte, in ihr beinahe einen Lachanfall auslöste.

„Das ist doch überhaupt nicht schlimm. Zeig mal." Um sich abzulenken, begann sie, sich die Ohren genauer anzusehen. „Man kann das überhaupt nicht sehen. Das machst du aber perfekt. Komm, wir gehen eine Pizza essen."

*

So vergingen die ersten sechs Monate ihres Zusammenseins. Nora trug auf einmal einen

Verlobungsring am Finger. Ihre innere Stimme hatte sie noch gewarnt: „Du bist doch erst 18 Jahre alt. Überleg es dir genau!" – „Ach was", schlug sie die Warnung in den Wind, „wir kennen uns jetzt schon seit einem halben Jahr – und verlobt ist ja noch nicht verheiratet."

Mutter Gloria gratulierte erfreut. Mit ihr war in letzter Zeit eine Verwandlung vorgegangen. Sie hatte eine neue Frisur. Das schwarze, lockige Haar trug sie jetzt ganz kurz. Außerdem schminkte sie sich auf einmal und achtete auch sonst mehr auf ihr Äußeres. „Wenn da mal nicht was im Busch ist", dachte Nora. Außerdem lief ihr Geschäft sehr gut, sodass sie mehr mit sich selbst beschäftigt war.

Hannes' Eltern hatten Nora mit offenen Armen in die Familie aufgenommen. Neben ihren beiden Söhnen war sie jetzt „das dritte Kind", die Tochter des Hauses.

Hannes' Mutter Erna war eine kleine, pummelige, resolute Frau von Anfang 50. Im Hause Mertens hatte sie das Sagen. Sein Vater Fred, ein großer, hagerer Mann, der schon Rentner war und wegen eines Hüftleidens am

Stock ging, war 20 Jahre älter als seine Frau.

Nora mochte Vater Fred. Von ihm ging eine große Herzenswärme aus. „Na, Tochter", begrüßte er sie, wenn sie zu Besuch kam, und strich ihr liebevoll über das Haar. Nora wurde es dann jedes Mal ganz warm ums Herz. Er war für sie zum Vaterersatz geworden. Einen Vater hatte sie nie, er hatte sich nie um sie und um ihre kleine Schwester gekümmert. Mutter Gloria hatte ihren Mann, den Vater ihrer Kinder, schon vor vielen Jahren verlassen, weil er ein massives Alkoholproblem hatte.

An einem Sonntag luden Hannes' Eltern zum Kaffeetrinken ein. Nora, Hannes und auch der jüngere Sohn Peter waren gekommen.

Als sie beisammensaßen, erklärte Mutter Erna: „Vaddi", so nannte sie ihren Mann, „braucht ein neues Gebiss." Sie wandte sich ihren Söhnen zu: „Wir gehen Montag zum Zahnarzt und lassen ihm neue Zähne anpassen."

„Ich brauche kein neues Gebiss mehr", kam die trotzige Antwort von Vater Fred. „Ich habe Darmkrebs."

„Vaddi, du hast keinen Darmkrebs! Red' doch

nicht so einen Unsinn", erwiderte Erna.

„Doch", beharrte Vater Fred, „ich hab Darmkrebs."

„Stell dir vor, Hannes", Erna wandte sich nun ihrem ältesten Sohn zu, „seit Wochen erzählt er mir, er hätte Darmkrebs. Aber er hat keinen Darmkrebs. Wo soll er auf einmal Darmkrebs her haben?" Damit war für sie das Thema erledigt.

Sie setzte sich natürlich durch. Vaddi bekam seine neuen Zähne, die genau wie das alte Gebiss in der Schublade der Wohnzimmeranrichte verschwanden und nur unter „Zwang" in den Mund geschoben wurden.

Wie gesagt, Mutter Erna hatte das Sagen.

Ein paar Monate später, Anfang März 1972, kam Vater Fred ins Krankenhaus. Ein neues Hüftgelenk sollte ihm eingesetzt werden. Während dieser Operation stellten die Ärzte bei ihm Darmkrebs im Endstadium fest. 14 Tage später war er tot.

Kurze Zeit danach, als Nora ihren nächsten Eisprung hatte, wurde sie von Hannes schwanger. Sie erwartete ihre Tochter Hannah. Sagt man nicht, wenn jemand stirbt, entsteht neues Leben, damit die Liebe, die den Verstorbenen umgab, der Welt erhalten bleibt? Nora jedenfalls glaubte fest daran. Der Kreis hatte sich geschlossen.

Hannes und Nora beschlossen nun zu heiraten. Als sie ihm das Jawort gab, glaubte Nora fest, dass sie ihren Mann liebte. Aber was wusste eine 19-Jährige schon von Liebe?

## Eheleben

Das junge Paar zog in eine kleine, aber preiswerte Dachgeschosswohnung in Gelsenkirchen. Die Wohnung hatte kein Bad und wurde noch mit einem Kohleofen beheizt. Für Nora war eine ruhige, besinnliche Zeit angebrochen. Sie konnte sich ganz auf die Schwangerschaft und die anschließende Geburt konzentrieren. Ihre einzigen Aufgaben bestanden darin, den Haushalt zu versorgen und am Nachmittag ihren Mann zu bekochen. Die Arbeit im Büro hatte sie aufgegeben.
Hannes bevorzugte bürgerliches Essen. Also

entschloss Nora sich eines Tages, Kohlrouladen zuzubereiten. Ein Gericht, bei dem das gewürzte, angemachte Hackfleisch mit blanchierten Kohlblättern umwickelt und anschließend geschmort wird.

Ihr Mann kam zur Türe herein, als der Kohl gerade auf dem Herd kochte. „Was ist das denn hier für ein fauliger Geruch?" Hannes zog hörbar die Luft ein und verzog angewidert das Gesicht.

„Das ist der Kohl. Heute gibt es Kohlrouladen", antwortete Nora.

„Niemals! Das esse ich niemals! So ein furchtbarer Gestank!"

Mit einem Ruck nahm er den Topf mit dem kochenden Kohl von der Herdplatte, öffnete das Küchenfenster und stellte den noch brodelnden Topf samt Inhalt auf die Dachrinne. „So, und jetzt mach mir mal ein paar anständige Frikadellen!", rief er ihr noch zu, als er die Küche verließ.

Hannes machte den Fernseher an und öffnete die erste Flasche Bier des Abends. Er nahm einen tiefen Schluck und sah unendlich zufrieden aus, während er sich das Vorabendprogramm ansah. Seine Welt war wieder in Ordnung.

Aber Noras Welt geriet langsam ins Wanken. Sie stand wie versteinert in der Küche. „Was war das denn jetzt für eine Aktion?", dachte sie. Als sie noch bei ihrer Mutter wohnte, musste sie tun, was Gloria sagte. Jetzt war sie verheiratet und musste machen, was ihr Mann sagte. Nein, so hatte sie sich ihr Leben nicht vorgestellt.

Während sie die Fleischklopse formte, warf sie einen Blick aus dem Fenster. Sie sah einen strahlend blauen Himmel, die weißen Wolken am Firmament sahen aus wie Wattebäuschchen, die langsam am Fenster vorbeizogen. Dann fiel ihr Blick auf die schwarzen Dachpfannen und das leuchtende Silber der Dachrinne, auf der ihr Kochtopf stand. Das Licht der Nachmittagssonne fing sich darin. Der braune Holzrahmen des Fensters umrahmte das Bild. „Ein Stillleben, das ist ein Stillleben", dachte Nora. Das Seltsame daran war: Das Bild strahlte Harmonie aus und hatte eine beruhigende Wirkung auf Noras aufgewühltes Seelenleben, so dass ihr diese Erkenntnis schon fast wieder Angst machte. Lächelnd wandte sie sich wieder ihrer Arbeit zu.

Das Essen war fertig und Hannes schaufelte

Unmengen davon in sich hinein. Anschließend trank er noch eine Flasche Bier und es dauerte nicht lange, dann war er auf dem Sofa eingeschlafen.

Eine Unterhaltung zwischen den Eheleuten fand fast gar nicht statt. „So geht das jetzt Abend für Abend", dachte Nora, sie war unzufrieden. Ihre Ehe hatte die ersten Risse bekommen. Zwei, drei Mal in der Woche blieb er wach. Den Grund dafür hatte Nora schnell herausgefunden. Das war, wenn er mit ihr intim werden wollte. Sex mit Ansage. Hatte er ihr nicht kurz nach der Heirat gesagt, dass sie mindestens zwei Mal in der Woche ihre „ehelichen Pflichten" erfüllen musste?

## Hannah ist da

„Hannes, wach auf! Ich glaube, es geht los."
Nora rüttelte ihren Mann wach. Es war Sonntag
am späten Abend so gegen 23 Uhr, als Hannah
auf die Welt wollte und leise anklopfte. Die
Wehen kamen in regelmäßigen Abständen.
Sie fuhren ins Krankenhaus. Nach der ersten
Untersuchung wurde Hannes wieder nach Hause
geschickt. „Das dauert noch", sagte man ihm.
„Wir rufen Sie an, wenn das Kind da ist." Fast
zwei Tage dauerte es schließlich, bevor ihr
kleines Mädchen das Licht der Welt erblickte.
Am Ende war die Mutter so erschöpft, dass sie
vor Schwäche die Besinnung verlor. Der
werdende Vater, der bei der Geburt nicht dabei
war, schrubbte indes den Küchenboden der
gemeinsamen Wohnung mit einem
Scheuerpulver, um sich abzulenken. Nora
brauchte später drei Eimer klares Wasser, um
das Putzmittel vom Boden wieder aufzuwischen.
Es war übrigens das erste und letzte Mal, dass
er sich an der Hausarbeit beteiligte. Hannes war
ein Macho, Hausarbeit war in seinen Augen

Frauensache.

Hannah war an einem kalten Winterabend zur Welt gekommen. Weißer Schnee fiel wie zur Begrüßung des neuen Lebens vom Himmel. Die dunklen Wolken gaben für einen Moment den Blick auf den Vollmond frei. „Hat dein Herz schon mal vor Glück im Mondschein getanzt? Mit den Schneeflocken um die Wette?" Nora hielt zum ersten Mal ihr Kind im Arm und sprach mit ihm. „Du bist wunderschön, kleine Hannah. Du hast die schönen, blauen Augen von deinem Vater, aber die Ohren von deiner Mutter." „Gott sei Dank", fügte sie in Gedanken hinzu.

*

Die kleine Familie war mittlerweile in eine größere Wohnung umgezogen. Eine Vierraumwohnung in einem Zweifamilienhaus einer ehemaligen Bergmannssiedlung in Gelsenkirchen. Nachdem 1966 die Zeche Graf Bismarck geschlossen wurde, zogen viele Bergleute auf der Suche nach Arbeit in andere Gegenden, so dass die kleinen

Bergmannshäuschen leer standen und nun auch von „Nichtbergleuten" bezogen oder sogar gekauft werden konnten. Gelsenkirchen, die Stadt eines großen Traditionsfußballvereins. Aber auch die Stadt mit den meisten Arbeitslosen in Nordrhein-Westfalen. Das hielt die Menschen jedoch nicht davon ab, mit unverbrüchlicher Treue zu ihrem Verein zu stehen. Das Stadion war bei jedem Heimspiel der Königsblauen ausverkauft.

In den ersten Wochen nach der Geburt schlief Hannah bei den Eltern im Schlafzimmer. Das Kinderbett stand direkt neben dem Elternbett. Wenn Hannah nachts gefüttert und gewickelt werden musste, stand Nora auf, um ihr Kind zu versorgen. Hannes schlief weiter.

Auch in dieser Nacht war Hannah wach geworden und Nora kümmerte sich um sie. „So, mein kleiner Schatz, du bist jetzt satt und trocken. Wir gehen jetzt wieder schlafen." Nora redete leise und beruhigend mit dem Kind, damit es wieder einschlief und Hannes nicht weckte. „Die Mama nimmt dich jetzt mit in ihr Bett."

Nora legte den sechs Wochen alten Säugling in

die Mitte des Ehebettes, machte die Spieluhr mit dem Schlaflied an und sah Hannah zu, wie sie langsam wieder einschlief. Dann legte sie sich vorsichtig daneben, das Gesicht ihrer Tochter zugewandt, und versuchte ebenfalls wieder einzuschlafen.

Doch da, was war das? Ein Geräusch ließ Nora aufhorchen. Es hörte sich an, als würde die Schiebetüre, die das Schlafzimmer vom Wohnzimmer trennte, langsam aufgeschoben. Sie blinzelte hinüber zu Hannes. Doch der lag in seinem Bett und schlief. Eine weitere Person gab es in ihrem Haushalt nicht, welche sich an der Türe zu schaffen machen konnte. Langsam, ganz langsam wurde die Türe immer weiter aufgeschoben. Es war gespenstisch. Nora wagte nicht hinzusehen. Ihr Körper war in eine Starre verfallen. Sie wagte nicht, sich zu bewegen. Nora glaubte an übersinnliche Dinge – und dieses Geräusch war nicht real, das war ihr klar. Aber wenn das nicht real war, was war es dann? „Nein, nein", dachte sie, „ich will das nicht!" Kaum hatte sie den Gedanken zu Ende gedacht, schloss sich die Türe endgültig und Nora schlief sofort ein.

Als sie am nächsten Morgen erwachte, blieb keine Zeit, über das Erlebte nachzudenken. Der Alltag forderte seinen Tribut: Ein riesiger Berg Arbeit lag vor ihr. Noch wusste sie nicht, wie sie diesen Berg abtragen sollte, aber wenn Hannes nach Hause kam, war die Wohnung stets blitzblank geputzt, das Kind lag satt und zufrieden schlafend in seinem Bettchen und das Essen stand dampfend auf dem Tisch. Da Nora tagsüber keinen Hunger verspürte, aß sie abends ihre erste Mahlzeit zusammen mit ihrem Mann. Meistens nur eine Kleinigkeit.

*

Es war wieder später Abend. Sie lagen alle drei im großen Elternbett, Hannes und das Kind schliefen schon. Alles war ruhig. Nora lauschte erneut auf das Geräusch der aufgehenden Schiebetür. Da war es wieder. Langsam, ganz langsam wurde die Türe aufgeschoben. Aber Nora wusste, sie brauchte nur „Nein, nein" zu denken, dann ging die Türe zu und es war Ruhe.

Das nächtliche Geräusch hatte für sie längst nichts Beängstigendes mehr, sie hatte es in der Zwischenzeit nun schon öfters gehört. Aber niemals wagte sie es, hinzusehen, um sich real damit auseinanderzusetzen.

In jener Nacht jedoch war alles anders. Nora hatte das Gefühl, dass jemand neben ihrem Bett stand. Sie nahm all ihren Mut zusammen, drehte sich um und sah hin.

Sie blickte in das Gesicht eines etwa elfjährigen Mädchens mit bis auf die Schultern fallenden, dunklen Haaren, das sie freundlich anlächelte. Bekleidet war das Wesen mit einem langen, weißen Kleid. Es ging etwas Engelhaftes von ihm aus und Nora dachte, bevor sie sich wieder umdrehte und einschlief: „Das ist bestimmt der Schutzengel von Hannah."

Nach ein paar Wochen hörten die nächtlichen Erlebnisse wieder auf. So schnell sie gekommen waren, waren sie auch wieder weg. Nora hatte niemandem in ihrer Familie etwas davon erzählt.

„Die weisen dich ein, wenn du ihnen das erzählst! Behalte es besser für dich", dachte sie.

*

„Nora, das Kind soll nicht so laut spielen, ich will schlafen." Hannes war von der Arbeit gekommen, er hatte gegessen, sein Bier getrunken und wollte jetzt Siesta halten. Es war wie immer.

Nora nahm ihre Tochter bei der Hand. „Komm, Hannah. Wir beide gehen jetzt ins Kinderzimmer und spielen etwas. Wir müssen leise sein. Der Papa will schlafen."

Hannah war jetzt vier Jahre alt und hatte sich zu einem kleinen Temperamentsbündel entwickelt. Voller Neugierde erkundete sie die Welt, wobei ihr Mund niemals still stand.

„Hast du Lust, zu malen?", fragte Nora ihre Tochter, wohl wissend, dass sie damit ins Schwarze traf. Hannah malte leidenschaftlich gerne.

„Dieses Kind ist künstlerisch begabt", war die lapidare Feststellung ihrer Eltern, als sie kürzlich die Dielenwände neu streichen mussten. Hannah hatte ihnen mit dem Lippenstift ihrer Mutter neue Farbakzente gegeben. Die rote Farbe des

Lippenstifts war danach zwar verschwunden, der Fettfilm jedoch hielt sich hartnäckig und schimmerte auch nach mehrmaligem Überstreichen noch durch. Nora versteckte den Lippenstift anschließend kindersicher.

Und hatten sie nicht erst vor wenigen Wochen auch die Schlafzimmerwände neu streichen müssen, um die von Hannah hinterlassenen Malkünste zu überpinseln? Die künstlerischen Hinterlassenschaften von Kugelschreibern und Buntstiften ließen sich jedoch ohne Probleme durch neue Wandfarbe entfernen. Vor dem Streichen hatte Nora sich das Werk ihrer Tochter genau angesehen. Ein richtiges Motiv konnte sie aber nicht erkennen. Hannah malte Striche, Kreise und Wellen. „Vielleicht ist sie ja noch auf der Suche nach dem richtigen Malwerkzeug? Wenn ich nicht aufpasse, muss mein Mascara auch noch daran glauben und wird als Malpinsel missbraucht."

Allerdings fand Hannah keinen Gefallen an ihren Malbüchern, auch an diesem Tag wollte sie lieber die Wände bemalen. Nora lachte und wandte sich an Hannes: „Ich glaube, wir haben keine Wahl. Unsere Tochter weigert sich hartnäckig, die Malhefte und -bücher auszumalen. Wir geben ihr die Wände ihres Zimmers frei. Da kann sie sich künstlerisch austoben, wenn sie dafür die anderen Räume in Ruhe lässt. Was meinst du?"

„Wenn du meinst. Von mir aus." Hannes war genervt. Kindererziehung war Sache seiner Frau.

„Komm Hannah, halte still. Mama zieht dir einen Kittel an. Dann kannst du mit der Fingerfarbe malen."

„Mama auch?" Hannah sah sie mit ihren blauen Augen bittend an.

„Ja, Mama auch."

Nora zog sich eine alte Bluse über. Sie war, wie ihre übrige Garderobe auch, viel zu weit. Sie hatte in den Jahren ihrer jungen Ehe viel an Gewicht verloren. „Du wiegst jetzt nur noch 98 Pfund", sagte sie seufzend zu sich selbst, tauchte ihre Hände in die Farbe und bemalte mit ihrer kleinen Tochter die Zimmerwand. Hannah malte wieder Kreise, Striche und Wellen. Sie war voller Eifer bei der Sache. Dabei leuchteten ihre Augen und ihre Wangen waren vor Aufregung gerötet.

Nora hing ihren Gedanken nach. Sie wollte eine perfekte Hausfrau, Mutter, Geliebte und Ehefrau sein. Das kostete viel Kraft und dabei vergaß sie während des ganzen Tages zu essen. Sie hatte einfach keinen Appetit. Die einzige Mahlzeit des Tages nahm sie abends mit Hannes ein.

Sie war auch nicht mehr in der „Stimmung", mit ihrem Mann zu schlafen. Wenn er sich ihr näherte, um sein „eheliches Recht" einzufordern, hatte sie längst resigniert und ließ ihn gewähren. Da er ein „Nein" nicht akzeptierte, ließ sie teilnahmslos alles über sich ergehen. Hannes schien das nicht zu bemerken. Wenn er sich abreagiert hatte, rollte er sich zufrieden auf die Seite und schlief sofort ein.

„Nein", rief Nora sich zur Ordnung, „es ist nicht seine Schuld. Es ist doch ganz normal, dass ein junges Paar miteinander schläft und Lust aufeinander hat. Du musst dich einfach zusammennehmen."

Die Türglocke riss sie aus ihren Gedanken. Hannes steckte seinen Kopf durch die Kinderzimmertüre. „Maus, Simon ist auf ein Glas

Bier vorbeigekommen. Komm ins Wohnzimmer und setz dich zu uns." Dann war er wieder verschwunden. Simon war der Nachbar und wohnte eine Etage über ihnen.

„Warum bringt der eigentlich nie seine Frau mit?", dachte Nora, während sie ihre Tochter umarmte und ihr einen Kuss gab. „Malst du alleine weiter, Hannah? Mama und Papa haben Besuch bekommen."

Hannah zog eine Schnute: „Darf ich dann noch was aufbleiben, Mama?"

„Ja, darfst du." Nora umarmte ihre Tochter noch einmal und ging dann hinüber ins Wohnzimmer.

„Hallo Nora." Simon begrüßte Nora herzlich. Er schien sich zu freuen, sie zu sehen.

„Hallo Simon. Wo hast du deine Frau Rieke gelassen?"

„Die muss arbeiten", antwortete er. Rieke arbeitete in einem Altenpflegeheim. Sie übernahm dort oft die Nachtschicht.

Hannes goss Nora ein Glas Wein ein. Sie lehnte sich in ihrem Sessel zurück, schloss die Augen und genoss den ersten Schluck, während die Männer ihr Bier tranken.

Nora beobachtete Simon aus den Augenwinkeln. „Irgendwas hat der", dachte sie. Ihr war aufgefallen, dass er in letzter Zeit häufig ihre Nähe suchte, wenn Hannes nicht zu Hause war. Rein äußerlich war er eigentlich nicht ihr Typ, denn er war nur etwa einen halben Kopf größer als Nora. Nora stand auf Männer, die mindestens einen ganzen Kopf größer waren als sie selbst. Außerdem war er schon Mitte 30, somit eigentlich viel zu alt für sie. Simon trug das dunkle, etwas gelockte Haar ziemlich kurz. Für die 70er-Jahre viel zu altbacken. Aber er war ein glänzender Unterhalter, ein redegewandter Weltenbummler. Simon hatte die Welt bereist und wenn er davon erzählte, hing Nora wie gebannt an seinen Lippen und hörte ihm zu. Sie sog dieses Wissen wie ein trockener Schwamm in sich auf.

Mit Simon konnte sie herrliche Streitgespräche führen. Sie diskutierten über Themen wie Kirche, Dritte Welt und über die immer noch in den Kinderschuhen steckende Gleichberechtigung der Frau. Dieses Thema interessierte Nora ganz besonders. Sie hatte ein neu erschienenes

Frauenmagazin, in dem auf die Situation der Frauen in der Berufswelt kritisch hingewiesen wurde, von der ersten bis zur letzten Seite verschlungen. Sie hatte sich verändert, weiterentwickelt. Sie war nicht mehr das dumme, kleine Mädchen, das Hannes geheiratet hatte. Sie war dabei, erwachsen zu werden. Frustriert vom langweiligen Einerlei ihres Ehealltages und Hausfrauendaseins, suchte Nora nach einem Ausgleich, der sie geistig forderte. So hatte sie die Tageszeitung abonniert. Wenn ihr Mann das Haus verließ, um zur Arbeit zu gehen, und das Kind im Kindergarten war, kochte sie sich eine große Tasse Kaffee und las die Zeitung von der ersten bis zur letzten Seite inklusive des Sportteils. Da sie in der Vergangenheit nur Klatschblätter gelesen hatte, fiel es ihr anfangs schwer, die beschriebenen Themeninhalte zu verstehen. Aber Nora gab nicht auf.

Darüber hinaus hatte sie ein politisch orientiertes Magazin abonniert, das sie ebenfalls verschlang. „Man muss schließlich wissen, was in der Welt passiert", sagte sie sich, „und – was noch wichtiger ist – eine eigene Meinung dazu haben."

Dass zwischen ihrer Meinung und der von Hannes inzwischen Welten lagen, stimmte sie traurig. Hannes zuckte immer nur die Schultern. Sein Leitsatz lautete: „Das war schon immer so, wir können da sowieso nichts machen." Nora dagegen war bereit, für eine Sache einzutreten, von der sie überzeugt war, und dafür zu kämpfen.

Hannes tat die „Eskapaden" seiner Frau mit einem Kopfschütteln ab. „Wie eine Grippe, die geht auch wieder vorbei", tröstete er sich.

Nora hatte sich auch an diesem Abend gut mit Simon unterhalten. Jetzt stand sie auf, um nach Hannah zu sehen. Doch im Kinderzimmer fand sie ihre Tochter nicht. Ihr Blick fiel auf die geöffnete Badezimmertüre und ihr stockte der Atem. Das Badezimmerfenster war weit geöffnet und Hannah stand auf Zehenspitzen auf dem Klodeckel, um einen Gegenstand aus dem Fenster zu werfen. „Hannah, bleib stehen und rühre dich nicht vom Fleck!", rief sie ihrer Tochter zu. Hannes kam ebenfalls angerannt. Nora schnappte sich das Kind und übergab es ihrem Mann, um dann schnell das Fenster zu schließen.

In der Aufregung bekam sie am Rande noch mit, wie Simon sich verabschiedete: „Wir sehen uns am Samstag in der Disco. Bis dann." Daraufhin fiel die Türe ins Schloss.

Es hatte keinen Sinn, mit Hannah zu schimpften. Sie selbst hatte das Fenster einen Spalt offen stehen lassen und Hannah brauchte es nur noch ganz aufzustoßen. Nora sah sich im Bad suchend um. „Was hat sie wohl da aus dem Fenster geworfen?" Die Antwort war einfach: Alles, was nicht angedübelt oder im Badezimmerschrank eingeschlossen war. Im Vorgarten lagen Handtücher, Zahnbürsten, Seifen, Waschlappen, Haarbürsten usw.

Hannah stand das schlechte Gewissen ins Gesicht geschrieben. „Warum hast du das denn alles aus dem Fenster geworfen?", fragte Nora.

„Hab den roten Stift gesucht, Mama." Hannah meinte den Lippenstift ihrer Mutter. Sie wollte wieder damit malen.

Hannah spielte ihrer Mutter in der folgenden Zeit noch mehr Streiche. Kurzum: Sie stellte all die Dummheiten an, die andere Kinder ihres Alters auch anstellten. Man konnte sie nicht unbeobachtet lassen. Aber was machte das? Da wurde beispielsweise auch einmal der Inhalt eines Waschpulverkartons in die dafür vorgesehene Kammer der Waschmaschine gestopft. Was nicht hineinpasste, wurde in der Wohnung verstreut und platt getreten. Nora sah ihre Tochter dann streng an und sagte: „Hannah, Hannah. Was hast du denn da wieder angestellt?"

„Mama, nicht schimpfen. Hannah darf das nicht machen, nein." Zur Bekräftigung ihrer Worte schüttelte sie heftig den Kopf. Das sah so lustig aus, dass Nora sich abwenden musste, um nicht loszulachen. Aber schließlich war Nora auch sehr froh darüber, dass Hannah das Waschpulver nicht gegessen hatte.

Nora liebte ihre Tochter abgöttisch und Hannah ihre Mutter ebenfalls. Das kleine Mädchen benutzte sogar einen Büstenhalter der Mutter als Schmusedecke, wenn es abends zu Bett ging. Der BH war aus einem seidigen Stoff gefertigt. Hannah bettete ihr Köpfchen darauf, wenn sie schlafen ging. Dann nahm sie das untere Ende in die linke Hand, um den Stoff mit ihren kleinen Finger hin und her zu schieben, während sie den Zeigefinger der rechten Hand in den Mund steckte, um daran zu lutschen. In dieser Stellung schlief sie jeden Abend ein.

## Familientreffen

„Mutter Erna kommt am Sonntag zum Mittagessen. Sie bringt Kuchen mit." Hannes legte den Telefonhörer zurück auf die Gabel.

„Aha", erwiderte Nora, „dann bleibt sie bis zum Abendessen. Ich lade meine Mutter auch ein, dann ist das ein ‚Abwasch'. Was meinst du?"

„Habe nichts dagegen", kam die Antwort von Hannes.

Ein stressiger, ereignisreicher Sonntag stand bevor. Mutter Erna traf zuerst ein. Sie war ein mütterlicher Typ mit einem runden Gesicht und kurzen, dauergewellten Haaren. Dabei war sie klein und etwas pummelig. Aber sie konnte zupacken. Sofort nach ihrem Eintreffen betrat sie die Küche, um bei der Essenszubereitung zu helfen und den Tisch zu decken. Als die dampfenden Schüsseln auf dem Tisch standen, kam auch Mutter Gloria hinzu. Strahlend betrat sie die Wohnung. Mutter Gloria war der Typ „taffe Geschäftsfrau". Ihre schwarzen, naturgelockten Haare waren frisch gestylt. Lässig hatte sie die Jacke ihres neuen Hosenanzugs über die Schulter geworfen und setzte sich sofort auf ihren Platz. Ihr neuer Freund hatte sie hergefahren. Sie war glücklich, das sah man ihr an. Aber warum tat sie so geheimnisvoll, wenn man sie über ihren Freund ausfragen wollte?

Nach dem Essen spielte Mutter Gloria noch ein wenig mit Hannah, ließ Geld da für die Spardose ihres Enkelkindes und erhob sich, um sich ihre Jacke anzuziehen.

„Willst du schon gehen? Wir wollen noch einen Verdauungsspaziergang machen. Komm doch mit." Nora sah ihre Mutter fragend an.

„Nein, ich kann leider nicht. Reinhard wartet auf mich, wir haben noch etwas vor", antwortete diese.

Als Gloria sich verabschiedet hatte, brachte Nora

ihre Mutter noch bis vor die Haustüre. Jetzt war die Gelegenheit günstig, sie waren alleine. „Sag mal. Was hat das mit deinem Reinhard eigentlich auf sich? Warum stellst du ihn uns nicht mal vor? Und jetzt keine Ausflüchte mehr!" Nora war verärgert und Gloria merkte, dass sie ihre Tochter nicht länger hinhalten konnte.

„Er ist verheiratet. Nächstes Jahr feiern er und seine Frau Silberhochzeit. Dann verlässt er sie. Bis dahin muss ich halt noch warten."

Ein Auto hielt und Gloria stieg ein. „Tschüss und danke für das Essen!", rief sie ihrer Tochter noch zu. Dann sah Nora nur noch die Rücklichter des Fahrzeugs. Täuschte sie sich, oder hatte ihr der Fahrer des Wagens noch kurz zugewinkt?

Danach waren Oma Erna, Hannes, Hannah und Nora zu ihrem Sonntagsspaziergang in die nahe gelegene Parkanlage aufgebrochen. Hannah lief fröhlich hüpfend und singend vor ihnen her und Hannes hatte Mühe, sie einzuholen.

„Die Hannah ist doch jetzt schon vier Jahre alt", begann Oma Erna, „meinst du nicht auch, dass jetzt die richtige Zeit für ein zweites Kind wäre?" Sie hatte sich wohl vorgenommen, mit Nora ein ernstes Frauengespräch zu führen.

„Nein, ich will kein zweites Kind mehr." Nora brauchte gar nicht lange zu überlegen.

„Guck mal", Oma Erna gab noch nicht auf, „es wäre doch schön, wenn ihr noch einen Jungen bekommen könntet, damit der Familienname erhalten bleibt."

„Nein, ich will kein zweites Kind mehr." Das war alles, was Nora zu diesem Thema zu sagen hatte. Aber es war eindeutig.

„Dann musst du dir jetzt aber eine Arbeit suchen. Der Hannes schafft das nicht alleine. Ihr könntet euch dann auch viel mehr leisten." Oma Erna hatte zum Rundumschlag ausgeholt.

Dass es so wie bisher nicht mehr weitergehen konnte, wusste Nora bereits. Aber wie es weiterging, das wollte sie selbst entscheiden.


## Die Entscheidung


Nora ordnete ihre Kleidung und befreite sie vom Schmutz des Waldbodens. Simon stand neben ihr und wartete, damit sie gemeinsam nach Hause gehen konnten. Nora sah auf ihre Armbanduhr. Es war jetzt drei Uhr nachts und sie hatte soeben ihren Mann mit ihrem Nachbarn betrogen.

„War es schön für dich?", fragte Simon leise.

„Dass die Antwort auf diese Frage für Männer immer so wichtig ist", dachte Nora – und weiter: „Nein, es war nicht schön, schneller Sex ohne Gefühl und Befriedigung an einem öffentlichen Ort." Aber das sagte sie nicht. „Ja, es war schön", antwortete sie stattdessen. „Komm, lass uns gehen. Hannes fragt sich bestimmt schon, wo ich bleibe." Wo war er eigentlich abgeblieben? Wieso waren sie nicht gemeinsam nach Hause gegangen? Sie dachte angestrengt nach, fand aber keine Antworten auf ihre Fragen. Waren wohl ein paar Cocktails zu viel, die sie getrunken hatte.

Während sie sich zu zweit schweigend auf den Nachhauseweg machten, kam so langsam die Erinnerung an den vergangenen Abend wieder zurück. Die frische Luft tat ihr Übriges. Der Song von Peter Maffay kam Nora in den Sinn. Sie hörte ihn singen: „Und es war Sommer, das erste Mal im Leben. Und es war Sommer, das allererste Mal ...“ – „Ja, und das allerletzte Mal“, fügte sie in Gedanken hinzu.

Nora war eine Moralistin. Sie hatte einen ausgeprägten Gerechtigkeitssinn – und das, was soeben passiert war, war Hannes gegenüber nicht fair. Aber da sie ihn nicht mehr liebte, konnte es zukünftig immer wieder passieren.

\*

Sie waren am Abend zu Dritt in die nahe gelegene Disco aufgebrochen, ihr Mann Hannes, der Nachbar Simon und sie selbst. Am Anfang saßen sie noch gemeinsam an der Theke, tranken die bestellten Cocktails und unterhielten sich. Dann war Hannes plötzlich verschwunden. Sie blickte sich suchend um und sah ihn auf der Tanzfläche mit einer anderen Frau tanzen. Die beiden schienen sich gut zu amüsieren, lachten und unterhielten sich angeregt. Nora dachte noch: „Die passen aber gut zusammen, wären ein schönes Paar“, denn die fremde Frau war groß und schlank. Fast so groß wie Hannes, der gut 30 Zentimeter größer als Nora war. Sie hatte sich angewöhnt, den Größenunterschied durch das Tragen von hohen Schuhen auszugleichen. Dann umarmte ihr Mann die junge Frau und sah ihr dabei tief in die Augen. Sie registrierte dieses Bild, dachte einen Moment darüber nach und vergaß es sofort wieder. Nora verspürte keinerlei Eifersucht.

Sie wandte sich wieder ihrem Begleiter Simon zu, der ihr ein Glas Bier reichte. Dabei strich seine Hand wie zufällig zärtlich über ihren Oberarm. Einen Moment zu lang für Noras Geschmack. Sie hielt für einen Augenblick die Luft an und lächelte ihm zu. Er flirtete mit ihr und Nora ließ es geschehen.

Simon war einen halben Kopf größer als Nora, schlank und dunkelhaarig. Eigentlich ein normaler Durchschnittstyp. Nur heute Nacht war nichts „normal". Heute wollte sie Spaß haben, spüren, dass sie eine Frau war, begehrt und umworben werden.

Nachdem sie das dritte Bier und den zweiten „Sex on the Beach"-Cocktail getrunken hatte, fand sie richtig Gefallen an ihm. „Er sieht doch eigentlich ganz lecker aus", dachte sie, als sie sich ihm lächelnd zuwandte.

Ab und zu tauchte Hannes auf, trank einen Schluck Bier, redete ein paar Sätze und war wieder verschwunden. Mittlerweile hatte er schon am Tisch seiner neuen Eroberung Platz genommen. Nora achtete gar nicht mehr auf ihn. Der DJ hatte einen Schmusesong aufgelegt. Peter Maffay sang seinen großen Hit: „Und es war Sommer, das erste Mal im Leben. Und es war Sommer, das allererste Mal ..." – „Komm, wir tanzen!" Nora zog Simon auf die Tanzfläche. Er folgte ihr nur allzu gerne. Sie tanzten eng zusammen und Simon knabberte an Noras Ohrläppchen. Ganz langsam verselbständigten sich seine Lippen weiter zu ihrem Haaransatz. Dort verharrten sie eine Weile und liebkosten zärtlich ihren Hals. Ein wohliger Schauer lief ihr über den Rücken. „Das ist ganz schön frech von ihm", dachte sie, denn immerhin waren ja beide verheiratet, aber nicht miteinander. Und es bestand außerdem die Gefahr, dass ihr Mann sie dabei beobachtete. Ihre Augen suchten das

Lokal nach ihm ab. Hatte er etwas davon mitbekommen? Das schlechte Gewissen plagte sie. Aber sie konnte ihn nirgends entdecken.

„Wenn du Hannes suchst, der ist schon gegangen." Simons Stimme riss sie aus ihren Gedanken. „Komm, lass uns zahlen und auch gehen. Ich weiß eine Abkürzung."

Dass diese „Abkürzung" direkt in ein kleines Wäldchen führte, bekam Nora gar nicht mehr richtig mit. Es war eine laue Sommernacht und während des gesamten Weges blieben sie immer wieder stehen und küssten sich. Dabei geriet ihr Blut heftig in Wallung. Seine Hand schob sich zärtlich unter ihre Bluse. Mit geübten Griff löste er den Verschluss ihres BHs und schon streichelten seine Hände liebevoll ihre nackten Brüste. Nora spürte seine Erregung. Ihre Küsse wurden immer leidenschaftlicher, es dauerte nicht mehr lange und sie sanken auf den kühlen Waldboden und liebten sich.

\*

„Was sage ich nur, wenn Hannes mich fragt, wo

ich jetzt erst herkomme?", dachte Nora, als sie vor der Haustüre stand und nach ihrem Schlüssel suchte. „Ach was, mir wird schon etwas einfallen."

Nora schloss leise die Wohnungstüre auf. Ihre Schuhe hatte sie schon ausgezogen. Um keinen Lärm zu machen, ging sie auf Zehenspitzen. An der Pinnwand hing eine Nachricht vom Babysitter, dass alles in Ordnung war. Leise öffnete sie die Kinderzimmertüre und schaute nach Hannah. Ihr kleines Mädchen schlief. Sie sah aus wie ein kleiner Engel.

Die Schlafzimmertüre stand offen. Sie warf einen Blick auf das gemeinsame Bett und - es war leer. Hannes war noch gar nicht da. Erleichterung machte sich in ihr breit. Aber gleichzeitig auch Verwunderung.

Das Gefühl der Erleichterung siegte. Sie zog sich sofort aus, stellte sich noch unter die Dusche und ging ins Bett. Dass Hannes kurze Zeit später seinen Kopf durch die Schlafzimmertüre steckte, um nach ihr zu sehen, bekam sie schon nicht mehr mit, so fest war sie eingeschlafen.

Als sie am Morgen wach wurde, lag er neben ihr

und schlief. Über die verhängnisvolle Nacht sprachen sie nie. Es war, als wollten sie beide ihr kleines Geheimnis für sich behalten.

Nora für ihren Teil bereute das Geschehene aus tiefstem Herzen und hätte es am liebsten rückgängig gemacht. Eines war ihr jedoch klar geworden: Mit ihrer Ehe stimmte etwas nicht und es wurde höchste Zeit, dass sie die Konsequenzen zog.

# 2. Kapitel

## Neubeginn

Es war ein dunkler Herbstabend. Das Licht war schlecht und Nora saß über ihren Büchern. Ein Jahr war es jetzt her, seit sie ein paar Habseligkeiten zusammengepackt hatte und zusammen mit Hannah vorübergehend zu ihrer Schwester in eine enge Drei-Zimmer-Dachgeschosswohnung gezogen war. Die dreiköpfige Familie war zusammengerückt und hatte das Kinderzimmer der Tochter für sie und Hannah geräumt. Da dies kein Dauerzustand sein konnte, suchte Nora eine eigene Wohnung und fand auch nach ein paar Wochen etwas Passendes. Die einzige Bedingung, die diese Wohnung erfüllen musste, war: Ein Kinderhort musste sich in unmittelbarer Nähe befinden. Bei ihrer Jobsuche hatte Nora allerdings die bittere Pille schlucken müssen, dass gut bezahlte Stellen ohne entsprechende Qualifikation für sie unerreichbar waren, und so drückte sie nun wieder die Schulbank.

Seufzend stand sie auf, um sich in der Küche einen Kaffee zu holen. Ihre Schritte knarrten auf den ausgetretenen Holzdielen. Das Geld war knapp, viel zu knapp für neue Bodenbeläge oder neue Tapeten. Die alten Tapeten der Vormieter taten es auch noch. Dass in der kleinen Küche nur ein paar alte Tapetenfetzen an den Wänden klebten, übersah sie großzügig.

Hannah war übers Wochenende bei ihrem Vater und so konnte Nora sich den alten Ölradiator ins Wohnzimmer stellen. Es war der einzige Heizkörper für drei Räume. Nora dachte mit Schrecken an den Winter, sie würden sich dick anziehen müssen. „Wir schaffen das schon", tröstete sie sich selbst.

Es schellte an der Türe. Als Nora öffnete, stand ihre Nachbarin Birte Lorenz mit einer Flasche Rotwein strahlend vor der Tür. „Jetzt leg mal die Bücher beiseite. Wir machen uns jetzt einen richtigen Frauenabend!", rief sie Nora zu, während sie eintrat.

Nora hatte sich mit Birte, die eine richtige

Frohnatur war, angefreundet. Sie waren im gleichen Alter und Birte war ebenfalls Single. Äußerlich unterschieden sich die Freundinnen jedoch sehr. Während Nora klein und zierlich war und ihre dunklen lockigen Haare schulterlang trug, war Birte eine relativ große Frau mit einer blonden Kurzhaarfrisur.

Die Gläser waren eingeschenkt und die beiden Frauen machten es sich auf der Wohnzimmercouch bequem. „Sag mal, Nora, hat Hannes nie versucht, dich zurückzugewinnen?", fragte Birte ihre Freundin.

„Doch, das hat er. Als ich noch bei meiner Schwester wohnte, kam abends ein Anruf von ihm. Ich solle doch zurückkommen. Er sei beim Arzt gewesen, der bei ihm Darmkrebs diagnostiziert habe. An Darmkrebs war übrigens sein Vater gestorben. Hannes erklärte, er hätte nur noch ein halbes Jahr zu leben, und diese letzten Monate wollte er doch gerne mit seiner Frau und seiner Tochter verbringen."

Birte verschluckte sich fast an einem Schluck Rotwein. „Und? Was hast du gemacht?"

„Ich habe sofort meine Sachen

zusammengepackt und bin mit Hannah zurück in unsere Wohnung gefahren. Dort habe ich ihn auf dem Boden sitzend vorgefunden. Seine Gitarre lag neben ihm. Dicke Tränen weinte er, die Augen waren ganz verquollen. Sein Taschentuch hat er dann theatralisch vor mir ausgewrungen. Es war klatschnass."

„Ich fass' es nicht!" Birte verschlug es die Sprache. „Was passierte dann?"

„Er ist all meinen Fragen nach dem behandelnden Arzt, Medikamenten und seinem momentanen körperlichen Zustand ausgewichen. Das heißt, in Wahrheit hat er überhaupt keine Medikamente eingenommen, geschweige denn welche im Haus gehabt. Als ich ihn darauf ansprach, hat er sich demonstrativ lang auf das Sofa gelegt und ein wenig auf seinem Unterbauch herum gedrückt, bis es anfing zu glucksen. ‚Hörst du, hörst du das? Das ist der Darmkrebs!' – Ich stand dann vor ihm und traute meinen Augen nicht. Er ist einfach zur Tagesordnung übergegangen. Seine Familie war wieder da und seine Welt war wieder in Ordnung."

„Hast du ihm das denn geglaubt?", warf Birte ein.

„Zuerst ja, weil ich mir einfach nicht vorstellen konnte, dass ein Mensch mit so einem ernsten Thema spaßt. Nachdem ich Hannah ins Bett gebracht habe, sind wir auch schlafen gegangen. Er wollte natürlich sofort Sex haben. Ich habe das Spiel mitgespielt und gedacht: ‚Na ja, ganz schön rege für einen todkranken Mann.'"

Birte lachte laut auf: „Hast ihn hoffentlich richtig rangenommen!"

„Das will ich dir sagen!" Nora lachte lauthals mit. Nachdem sich die beiden Frauen wieder beruhigt hatten, erzählte Nora weiter: „Hannes ist dann morgens aufgestanden und zur Arbeit gegangen, als wenn nichts wäre."

„Und du? Was hast du gemacht?"

„Ich habe wieder gepackt und bin gefahren. Diesmal für immer. Aber ich bin ihm nicht böse. Du weißt doch", sie sah Birte an, „in der Liebe sind alle Tricks erlaubt."

„Wie geht es denn jetzt bei euch weiter?" Birtes Neugierde war erwacht.

„Im nächsten Monat haben wir Scheidungstermin und in einem halben Jahr ist meine Schulung abgeschlossen. Dann werde ich mir einen Ganztagsjob suchen. Hannah geht ja jetzt schon jeden Tag in den Kinderhort und dann wird es uns wohl auch finanziell besser gehen."

„Wovon lebt ihr denn jetzt? Hast du staatliche Unterstützung beantragt?" Birte wollte es jetzt ganz genau wissen und Nora sah keinen Grund, es ihr nicht zu erzählen.

„Hannes zahlt im Moment noch für mich und für das Kind Unterhalt. Es ist nicht viel, da er als Verkaufsfahrer kein großes Gehalt bezieht. Wir können beide von dem Geld nicht existieren, darum wird es Zeit, dass ich mein eigenes Geld verdiene." Da kam wieder die Moralistin in Nora zum Vorschein. Es fiel ihr schwer, von seinem Geld leben zu müssen, da sie ja die Trennung gewollt hatte.

Birte sah hoch zur Zimmerdecke. „Es ist dunkel bei dir. Hast du immer noch keine Deckenleuchte hier im Wohnzimmer?", fragte sie.

„Mutter Gloria will mir eine sponsern und ihr Freund Reinhard schließt sie an. Ist nur noch eine Frage der Zeit."

Die Flasche war geleert, als Birte sich

verabschiedete.

Es war schon spät und Nora war müde. Sie machte sich ihr Bett auf der Wohnzimmercouch zurecht und kuschelte sich wohlig unter ihrer Bettdecke ein. Es war ruhig geworden in dem Vierfamilienhaus. Sie lauschte dem Herbstregen, hörte, wie die Tropfen sanft gegen die Fensterscheiben trommelten, und war dabei, langsam einzuschlafen. – Doch da, was war das? Eine männliche Stimme rief nach ihr, leise flüsternd, und gleichzeitig schien die Stimme Nora locken zu wollen: „Nora, hey Nora." Immer wieder: „Nora, hey Nora."

Sie war sofort hellwach. Ihr Körper versteifte sich, sodass sie sich nicht mehr bewegen konnte, während sich ihr Herz beinahe schmerzhaft verkrampfte. Nora hatte ihre Augen geschlossen. Aus einem ihr nicht bekannten Grund konnte sie sie nicht öffnen. Nora hatte das Gefühl, dass der Spuk sofort vorbei wäre, wenn es ihr gelänge, die Augen zu öffnen. Sie versuchte mit aller Kraft ihre Augenlider zu heben, während die Stimme immer weiter nach ihr rief: „Nora, hey Nora." Nach mehreren vergeblichen Versuchen hatte sie es endlich geschafft. Ihre Augen erfassten die Dunkelheit des Raumes und sofort verstummte die Stimme. Eine gespenstische Ruhe breitete sich um sie herum aus.

„Mein Gott, was war das nur?", dachte sie. „Du hörst Stimmen, die nicht real sind. Du bist auf dem besten Wege, schizophren zu werden!" Dann beruhigte sie ihr aufgewühltes Inneres wieder: „Nein, das sind sicher die Auswirkungen deiner Zukunftsängste." Viele Fragen gingen ihr immer wieder durch den Kopf: „Hast du die richtige Entscheidung getroffen? Hättest du Hannes nicht verlassen dürfen? Du hast Verantwortung für ein kleines Mädchen, durftest du ihr das antun? Sie mitnehmen in eine ungewisse Zukunft ohne die schützende Hand des Vaters?" Mit diesen Gedanken schlief sie endlich ein.

In den kommenden Wochen wiederholte sich dieses beunruhigende Erlebnis jeden Abend. Aber irgendwann war es plötzlich wieder vorbei, so plötzlich, wie es gekommen war.

Nora hatte ihre Ängste überwunden. Ihre Zukunft

lag klar strukturiert vor ihr.

*

Hannes heiratete ein paar Monate nach der Scheidung erneut. Die Ehe blieb kinderlos. Seine zweite Frau Gaby fühlte sich durch die Gegenwart von Kindern überfordert, und das ließ sie Hannah auch an den Besuchswochenenden spüren.

Nora telefonierte regelmäßig mit ihrer ehemaligen Schwiegermutter Erna. Die beiden Frauen verstanden sich seit der Trennung erstaunlich gut und besuchten sich auch gegenseitig regelmäßig. Erna hatte Nora bei einem ihrer letzten Telefonate berichtet:

„Die Gaby fühlt sich überfordert, wenn Hannah bei ihnen einmal im Monat zu Besuch ist und dann auch übernachtet. Es ist ihr zu viel Arbeit, weil sie doch einen Halbtagsjob hat."

Also wurde abgemacht, dass Hannes seine Tochter abends wieder zurück zu ihrer Mutter bringen sollte.

So geschah es auch an diesem Abend. Hannes' Auto hielt vor der Türe, er brachte Hannah nach einem Besuchstag wieder nach Hause. Nora lief die Treppe hinunter, um ihre Tochter in Empfang zu nehmen. Sie sah noch, wie er beim Wenden des Wagens Hannah kurz zuwinkte. Dann war er schon mit quietschenden Reifen davongefahren. Fröhlich hüpfend kam Hannah ihr entgegen und ließ sich von ihrer Mama umarmen und küssen.

Hannah plapperte munter drauf los: „Mama, der Papa und die Gaby haben einen Hund angeschafft. Einen so großen Hund." Sie breitete die Arme ganz weit aus. „Der heißt Moritz. Und weißt du, was die Gaby gesagt hat?"

„Nein, Hannah. Was hat sie denn gesagt?"

„Sie hat gesagt: ,Der Hund ist jetzt dein Bruder.' – Mama, ein Hund kann doch nicht mein Bruder sein?" Sie war stehen geblieben und sah ihre Mutter fragend an.

„Nein, Hannah, ein Hund kann nicht dein Bruder sein. Die haben bestimmt nur Spaß gemacht.

Was hat denn der Papa dazu gesagt?"

Hannah überlegte angestrengt. Nora sah es ihr an. Sie zog dann immer ihre kleine Stirne kraus. „Der Papa hat nichts dazu gesagt", antwortete das Kind und zuckte mit den Schultern.

„Diese Frau hat er verdient", dachte Nora schadenfroh. „Bei mir hat er den Macho rausgekehrt. Jetzt traut er sich das wohl nicht mehr." Hatte Hannah nicht auch von regelmäßigen hysterischen Anfällen der zweiten Frau Mertens berichtet? „Mama, die Gaby schreit immer so rum, wenn der Papa nicht macht, was sie sagt, ganz laut und ganz lange", waren ihre Worte.

Als Hannah nach den Besuchen bei ihrem Vater anfing, Fingernägel zu kauen und nachts ins Bett zu nässen, verhängte Nora kurzerhand eine Besuchssperre. Ihre Entscheidung wurde ohne Protest akzeptiert. Den Kindesunterhalt überwies er jedoch regelmäßig.

# Lutz Kowalski

Im Anschluss an ihre Schulung trat Nora eine Stellung in einem großen Industrieunternehmen an. Da sie sehr ehrgeizig war, arbeitete sie sich in dem Unternehmen schnell hoch.

Eines Morgens wurde sie zu ihrem Chef ins Büro gerufen. „Nora, setzten Sie sich", begann Kurt Henning das Gespräch. „Seit über einem Jahr sind Sie bei uns und wir sind sehr zufrieden mit Ihrer Arbeit. Darum wollen wir Ihnen ab sofort die Leitung unseres Schreibbüros übertragen. Die Aufgabenstellung kennen Sie ja schon. Sie haben im letzten Monat die Urlaubsvertretung für Frau Krause, die übrigens in die Abteilung Einkauf wechselt, übernommen.. Trauen Sie sich das zu?" Er sah Nora fragend an. „Ach, bevor ich es vergesse. Eine Gehalterhöhung, die nicht unerheblich ist, ist natürlich auch damit verbunden".

Nora brauchte gar nicht lange überlegen. Sie kam mit den Kolleginnen gut aus und die Arbeit gefiel ihr auch. Also sagte sie schnell zu.

Die Bezahlung war so gut, so dass es der

kleinen Familie finanziell gut ging. Bald zogen sie in eine größere und komfortablere Wohnung. Sogar einen Urlaub in den Süden konnten sie sich leisten.

Es war kein spektakuläres Leben, das Mutter und Tochter führten. Aber es war ein gutes Leben. Es verlief in ruhigen, friedlichen Bahnen – bis zu dem Tag, als Lutz Kowalski in ihr Leben trat. Und plötzlich war nichts mehr, wie es vorher war.

Nora war jetzt Mitte 30. Sie hatte ein paar Kilo zugenommen, war aber immer noch gertenschlank. Ihre langen Haare trug sie meistens hochgesteckt. Sie sah damit bezaubernd aus. Hannah war 15 und mitten in der Pubertät. Ihre Freizeit verbrachte sie mit ihrer neuen Clique. Diese bestand aus gleichaltrigen Jugendlichen, mit denen sie meistens nur „rumhing". Sie hatte angefangen zu rauchen und für die Schule tat sie nicht mehr viel, was sich bei den Schulnoten katastrophal auswirkte. Nora betrachtete ihr neuestes Zeugnis mit großer Besorgnis. „Wie soll das Kind bloß mit diesem Notendurchschnitt im nächsten Jahr eine

Lehrstelle bekommen?", fragte sie sich kopfschüttelnd. Dann meldete sich das schlechte Gewissen, das wohl die meisten berufstätigen Mütter quälte: „Du kannst dich einfach nicht genug um sie kümmern. Aber das ist wohl der Preis, den du für deine Unabhängigkeit zahlen musst. Was ihr fehlt, ist die starke Hand des Vaters. Du bist einfach zu weich und lässt ihr zu viel durchgehen."

Die Abende verbrachte die junge Mutter alleine zu Hause und der Wunsch nach einem neuen Mann an ihrer Seite wurde immer größer.

So lernte sie bei einem samstäglichen Besuch in einem angesagten Pub Lutz Kowalski kennen. Er war ein paar Jahre älter und einen Kopf größer als sie, hatte dunkle Haare, trug einen Oberlippenbart und war von kräftiger Statur. Lutz hatte sie angesprochen und so standen sie stundenlang an der Theke und unterhielten sich. Lutz erzählte, dass er beruflich im Pflegedienst tätig war. „Dann muss er ja eigentlich ein guter Mensch sein", dachte Nora. Er trank viel Alkohol, etwas zu viel für ein erstes Date, aber das registrierte sie an diesem Abend nicht mehr so genau. Sie hatte auch schon ein paar Glas Bier getrunken.

„Mach dir einen schönen Abend, Nora!", hatte Birte ihr noch augenzwinkernd zugeraunt, bevor sie mit ihrer Eroberung Arm in Arm das Lokal verließ.*

Lutz und Nora sahen sich von nun an täglich. Er klammerte, aber das fiel Nora nicht auf. Viel zu groß war das Glück, nach den vielen Jahren der Einsamkeit einen Partner gefunden zu haben, der immer für sie da war. Jeden Abend stand er vor ihrer Türe, brachte Blumen und Geschenke für sie und für Hannah mit. Bald hatte er einen Wohnungsschlüssel und es dauerte nicht lange, bis er seine Wohnung kündigte und bei ihr einzog.

Hannah war da mit ihren 15 Jahren schon kritischer. „Will der mich kaufen?", sprudelte es aus ihr heraus, als sie sich die angesagte Jeansjacke ansah, die er ihr mitgebracht hatte. Das hinderte sie aber nicht daran, das Geschenk noch am selben Abend anzuziehen, bevor sie sich mit ihrer Freundin traf. Überhaupt hatte Nora nicht mehr viel von ihrer Tochter, Hannah war im Freizeitstress.

Lutz war ein fröhlicher Mensch, er lachte viel und war ein guter Gesellschafter. Noras Familie und ihre Freunde mochten ihn. Lutz feierte gerne, dann war er in seinem Element, er konnte eine ganze Gesellschaft unterhalten. Mit einem großen Glas Weißwein in der Hand stand er da und gab die lustigsten Anekdoten zum Besten. Seltsam war für Nora nur die Tatsache, dass er selbst über keinerlei soziale Kontakte verfügte. Er hatte keine Freunde und seine Familie hatte die Verbindung zu ihm längst abgebrochen. Jetzt waren ihre Freunde auch seine Freunde und ihre Familie seine.

Besonders gut verstand er sich mit älteren Frauen. „Was für ein netter Mann", säuselte Mutter Gloria ihr zu, nachdem er sie eine ganze Stunde umgarnt und mit Komplimenten überhäuft hatte. Lutz war ein Blender. Nora lernte langsam eine andere Seite von ihm kennen.

*

Nach einem halben Jahr blieben die Geschenke plötzlich aus. Immer öfter kam es vor, dass Nora ihm Geld gab. „Soll ich heute einkaufen gehen? Dann brauchst du das nach Feierabend nicht mehr zu machen", sagte Lutz freundlich und scheinbar zuvorkommend. Nora hatte nichts dagegen. Dann aber sah er sie erwartungsvoll an. Nora fragte: „Brauchst du Geld für die Einkäufe?" Er brauchte welches und sie gab es ihm. Lutz ging gerne einkaufen. Dann konnte er sich seine täglichen Alkoholvorräte selbst mitbringen, ohne auf ihre fragenden Blicke antworten zu müssen. Auch das Wechselgeld behielt er für sich.

Lutz brauchte allerdings immer öfter Geld und hatte auch gute Begründungen parat. „Ich habe einen tollen Wintermantel gesehen. Soll ich ihn dir heute mitbringen?", fragte er Nora eines Morgens, als sie schon die Türklinke in der Hand hatte, um ins Büro zu gehen.

Sie war spät dran, hatte keine Zeit für lange Diskussionen. Andererseits, was Kleidung anging, konnte sie sich auf seinen guten

Geschmack stets verlassen. „Ich beweise dir damit, dass ich dir vertraue. Jetzt beweise du mir, dass ich dir vertrauen kann", dachte sie, gab ihm das Geld für den Mantel und verließ eilig das Haus. Er kaufte keinen Mantel, er vertrank das Geld bei seinen täglichen Besuchen in den umliegenden Kneipen.

Als Nora an diesem Nachmittag müde und abgespannt von der Arbeit nach Hause kam, ging sie als Erstes ins Wohnzimmer, um zu sehen, ob Lutz schon zu Hause war. Der Alkoholgeruch schlug ihr bereits entgegen, als sie den Raum betrat. Lutz lag laut schnarchend auf dem Sofa und schlief seinen Rausch aus. Eine halb geleerte Flasche Sekt stand auf dem Tisch, zwei leere standen auf dem Boden.

Dieser Alkoholkonsum war etwas völlig Neues für sie. Nora trank nur gelegentlich Alkohol, und das in Maßen. Noch schlimmer war für sie, dass er ständig eine Fahne hatte und dass man mit ihm dann kein vernünftiges Gespräch mehr führen konnte, weil er aggressiv wurde. Manchmal hatte sie das Gefühl, dass er kurz davor war, sie zu schlagen. Irgendetwas schien ihn noch davon abzuhalten. Die Angst vor der Unberechenbarkeit dieses Mannes fing an, Besitz von ihr zu nehmen.

Sie musste dringend mit ihm reden. Es war offensichtlich, dass er nicht mehr arbeitete. Außerdem machte er sich an ihrer Geldbörse zu schaffen. In letzter Zeit fehlte häufig Geld. Hannah war zwar in einem schwierigen Alter, aber sie war grundehrlich. Wenn sie Geld brauchte, dann fragte sie danach.

Einmal hatte Nora sie darauf angesprochen und tat dabei ganz beiläufig: „Sag mal, Hannah", tastete sie sich vorsichtig heran, „kann es sein, dass du an meiner Geldbörse warst und vergessen hast, es mir zu sagen?"

„Mama", Hannah war empört, und diese Empörung war echt, „so etwas würde ich doch nie machen! Das weißt du doch."

Nora glaubte ihr. „Ist ja schon gut. Jetzt fällt es mir wieder ein. Ich habe dem Lutz Geld gegeben, damit er einkaufen kann."

„Na siehst du. Bist in letzter Zeit ein bisschen ‚tüddelich' Mama. Kann das sein?" Dann gab sie ihrer Mutter einen Kuss auf die Wange und verschwand in ihrem Zimmer.

Ja, ein bisschen zerstreut – „tüddelich", wie Hannah es nannte – war sie wirklich. Nora hatte Geldsorgen. Sie brauchte dringend einen Termin bei ihrem Banker. Ihr Limit musste erhöht werden, denn das Konto war hoffnungslos überzogen und die monatlichen Abbuchungen wie Miete, Versicherung usw. waren noch nicht erfolgt.

*

Ein paar Tage später saß Nora ihrem Banker gegenüber. Herr Prinz war ein kleiner, hyperaktiv wirkender Mann mittleren Alters. „Also Frau Mertens, wir können Ihr Limit noch einmal erhöhen, denn wir kennen Sie schon lange als zuverlässige Kundin." Dabei rückte er seine Brille zurecht und sah angestrengt in den PC. „Ihr Gehalt wird pünktlich überwiesen, wie ich sehe. Es ist aber das letzte Mal, höher kann ich nicht gehen", unruhig rutschte er auf seinem Stuhl hin und her. „Ich lass mir das jetzt noch von meinem Vorgesetzten genehmigen. Warten Sie einen

Moment."

„Mein Gott", dachte Nora, „der tut ja gerade so, als wäre es sein eigenes Geld."

Nora war erleichtert, als sie die Bank verließ. „Puh, das wäre geschafft." Das Limit wurde erhöht und die säumige Miete überwiesen. Sie hatte jetzt finanziell Luft und konnte sich wieder bewegen. „Heute Abend rede ich mit Lutz ein ernstes Wort", nahm sie sich fest vor.

So geschah es auch. Als sie Lutz auf seine Arbeit ansprach, gab er sich zerknirscht: „Das Krankenhaus hat meinen befristeten Vertrag nicht verlängert." Er fügte hinzu: „Ich werde nächsten Monat eine neue Stelle bei der Stadt antreten."

Nora glaubte ihm. Sie wollte ihm einfach glauben. „Dann wird er sich auch wieder an den monatlichen Kosten beteiligen und deine finanzielle Lage wird sich entspannen", dachte sie.

Vier Wochen später ging er tatsächlich regelmäßig morgens vor Nora und dem Kind aus dem Haus. Was sie jedoch nicht wusste, war, dass er eine halbe Stunde später wieder zurück in die Wohnung kam. Während Nora im Büro und Hannah in der Schule war, machte er es sich vor dem Fernseher mit einer Flasche Wein gemütlich. Dies konnte auf die Dauer jedoch nicht unbemerkt bleiben.

„Sag mal, Lutz", sagte Nora eines Abends, „du arbeitest doch jetzt schon mehr als vier Wochen für deinen neuen Arbeitgeber. Müsstest du da nicht mal langsam dein Gehalt überwiesen bekommen?"

Nervös nahm Lutz noch einen tiefen Schluck aus seinem Weinglas und antwortete dann: „Ja, aber ich spare das Geld."

„Warum sparst du denn?" Nora wunderte sich.

„Das soll eine Überraschung für dich werden. Ich habe mir vorige Woche eine Eigentumswohnung angesehen und möchte sie für uns kaufen."

Nora wusste nicht, ob sie sich freuen sollte. So ganz traute sie dem Braten nicht.

„Wann kann ich mir die Wohnung ansehen?", fragte sie zurück. Nora wollte es jetzt genau wissen. „Es ist seine letzte Chance, mir zu beweisen, dass ich ihm vertrauen kann", dachte sie.

Lutz führte ein kurzes Telefongespräch und wandte sich dann an Nora: „Nächste Woche Donnerstag um 15 Uhr hat Frau Klein, die Maklerin, Zeit."

„Das ist gut. Ich nämlich auch", antwortete sie.

Wie besprochen, sahen sie sich in einem bevorzugten Stadtteil von Essen tatsächlich eine luxuriöse Maisonette-Wohnung an. Nora verschlug es die Sprache, als sie die Wohnung gemeinsam mit der Maklerin betraten. Die sah teuer aus – richtig teuer. „Und die will er kaufen?", dachte sie und musste lachen. Im Laufe der Besichtigung hielt Nora sich im Hintergrund und überließ es Lutz, mit der Maklerin zu verhandeln. Mit dieser Taktik hatte er nicht gerechnet. Seine Augen blickten immer wieder Hilfe suchend zu seiner Partnerin, die das nicht zu bemerken schien.

„Da Ihnen die Immobilie und auch der Preis gefällt, Herr Kowalski, können wir das Geschäft perfekt machen. Schlagen Sie ein", Frau Klein reichte ihm die Hand, „und die Wohnung gehört Ihnen. Dann mache ich die Papiere fertig und einen Notartermin."

Nora genoss es richtig, zu sehen, wie Lutz zunehmend unsicher wurde. Seine Stimme wurde immer leiser und unverständlicher, seine Gestik fahrig. Die ganze Situation geriet langsam aus dem Ufer, als Nora beschloss, dem Ganzen nun ein Ende zu bereiten. Sie verabschiedete sich und verließ die Wohnung mit den Worten: „Wir müssen es uns überlegen. Rufen Sie uns doch bitte nächste Woche an."

„So, mein Lieber", dachte sie, „diesen Denkzettel hast du dir redlich verdient. Das wird wohl hoffentlich die letzte Immobilie sein, die du für uns ‚kaufen' willst."

Nora fragte sich nun, wie weit dieser Mann wohl noch gehen würde, um seine Lüge von der angeblichen Berufstätigkeit aufrechtzuerhalten. Die Antwort bekam sie bereits zwei Wochen später. Er ging noch weiter – viel weiter. Um an Geld zu kommen, wurde er zum Dieb.

*

Der Wecker klingelte wie jeden Morgen. Nora rieb sich verschlafen die Augen, als sie das leise

Klirren von Geschirr aus der Küche hörte. „Hallo Nora", rief Lutz ihr zu, „ich habe Frühstück gemacht. Komm schnell und setz dich an den Tisch, bevor der Kaffee kalt wird." Nora war verblüfft, dachte jedoch nicht weiter darüber nach.

Dies änderte sich allerdings, als sie ein paar Tage später nach ihrer EC-Karte suchte. Sie stellte alles auf den Kopf, aber die Karte war und blieb verschwunden.

Aufgebracht wandte sie sich an ihren Freund: „Stell dir vor, Lutz, meine EC-Karte ist weg. Ich kann sie nicht finden. Sie ist mit Sicherheit gestohlen worden, denn verloren haben kann ich sie nicht."

Er heuchelte Anteilnahme: „Das ist aber sehr ärgerlich. Soll ich gleich mal bei deiner Bank anrufen und fragen, was jetzt zu tun ist?"

„Nein, nein. Das kann ich schon selbst. Werde mir heute Morgen frei nehmen und gleich zur Bank fahren."

Sie bekam sofort einen Termin und saß kurze Zeit später Herrn Prinz gegenüber, um ihn über die gestohlene EC-Karte zu informieren. Dieser klärte sie auf: „In den letzten Tagen wurde eine erhebliche Menge Geld von Ihrem Konto abgehoben. Sie müssen als Erstes zur Polizei gehen und Anzeige erstatten", sagte der Banker. „Ich werde eine neue Karte für Sie beantragen. Aber das dauert jetzt ein paar Tage, bis Sie darüber verfügen können."

Noras Gedanken überschlugen sich, aber sie wusste sofort, wer dahintersteckte: „Der Lutz! Das war der Lutz!", dachte sie. Als sie das letzte Mal am Automaten Geld abgehoben hatte, war er neben ihr gestanden und hatte gesehen, wie sie die Geheimnummer eingab.

Was nützte ihr nun eine neue Karte? Es war kein Geld mehr auf dem Konto, das sie damit abheben konnte. „Du bist und bleibst ein gutgläubiges, naives Schaf", sagte sie zu sich selbst, „den Gang zur Polizei kannst du dir sparen. Darum hat er dir morgens so großzügig Kaffee gekocht, um in Ruhe die Handtasche nach der EC-Karte zu durchsuchen und sie zu stehlen."

Schweren Schrittes trat sie den Nachhauseweg an und zog Bilanz. Es galt jetzt erst einmal,

Schadensbegrenzung zu betreiben. Sie brauchte dringend Geld. Die Rechnungen türmten sich und warteten darauf, bezahlt zu werden. Die Miete war auch in ein paar Tagen fällig. Von Lutz konnte sie nichts erwarten, das wusste sie.

Aber halt! Gab es da nicht eine Bank, die an Privatkunden großzügig Kredite vermittelte? Mutter Gloria hatte ihr davon erzählt. Ihr Freund, der Reinhard, war dort Kunde. „Gleich morgen früh werde ich mir da einen Termin geben lassen und dann sehen wir weiter."

Auf ihrem Weg nach Hause dachte Nora an ihre Beziehung zu Lutz. Sie hatten auch sehr viele schöne Erlebnisse miteinander gehabt. Zusammen mit Hannah machten sie an den Wochenenden viele Ausflüge in nahe gelegene Freizeitparks und alle drei hatten viel Spaß dabei. Wie eine richtige kleine Familie. Hannah hatte Vertrauen zu ihm gefasst und mochte ihn. Dass das auf Gegenseitigkeit beruhte, konnte Nora mehrfach beobachten. Dennoch fasste sie einen Entschluss: „Ich rede mit ihm. Er muss sich schnellstens eine Arbeit suchen. Wir werden dann gemeinsam den Schuldenberg abbauen.

Dann haben wir noch eine Zukunft. Sollte er sich aber weigern, trenne ich mich von ihm."

## Fünf Jahre später

Birte war auf einen Kaffee vorbeigekommen. Die beiden Frauen saßen sich in der Küche gegenüber. „Du siehst schlecht aus, Nora. Was ist los?" Nora schwieg und senkte den Blick. Ihrer Freundin konnte sie nichts vormachen, wenn es ihr auch tagsüber im Büro bei ihren Kollegen und Vorgesetzten gelang, die Fassung zu bewahren und sich auf ihre Arbeit zu konzentrieren. Birte und sie kannten sich schon zu lange.

Die Freundin nahm ihre Hand und suchte ihren Blick. Es fiel ihr schwer, über ihre Probleme zu sprechen. War das nicht das Eingeständnis ihres eigenen Versagens? Sie lebte mit einem arbeitsscheuen Alkoholiker zusammen, der sie tyrannisierte, und sie schaffte es nicht, sich von ihm zu trennen. Zu groß war mittlerweile die Angst vor ihm und seinen unkontrollierten

Wutausbrüchen. Selbst Hannah hatte mittlerweile das Handtuch geworfen und war vor einem Jahr zu ihrem Freund Jens gezogen. Jens hatte eine kleine Wohnung in der unmittelbaren Nähe von Mutter Gloria, dies beruhigte Nora. „Mutter Gloria wird sich um sie kümmern und ein Auge auf sie halten", hatte sie gedacht, bevor Hannah mehr oder weniger freiwillig das Haus verließ. Nora war auch aus einem anderen Grund erleichtert: „Gott sei Dank. Sie ist jetzt aus der Schusslinie."

Die beiden Frauen tranken schweigend ihren Kaffee. Nora konnte sich noch nicht öffnen und über all ihre Probleme sprechen. Noch nicht. Um von sich abzulenken, fragte sie Birte schließlich: „Wie war denn euer Urlaub?"

\*

Nora hatte wieder einmal einen Termin bei der neuen Bank. Dort hatte man sie damals „mit offenen Armen" empfangen. Nun musste der laufende Kredit erneut aufgestockt werden. „Aber Frau Mertens, das ist doch gar kein Problem!", hieß es. Man witterte ein gutes Geschäft, denn die Kreditzinsen waren üppig. „Sie brauchen dann die hohen Überziehungszinsen nicht zu zahlen. Und damit Sie sich künftig ‚frei bewegen können‘, räumen wir Ihnen selbstverständlich noch einen weiteren Überziehungsrahmen ein."

Es war immer das Gleiche. Da die Raten, die sie monatlich zu zahlen hatte, mit jeder Aufstockung des Kredites höher wurden, war sie gezwungen, den Überziehungsrahmen bis an die Grenze auszuschöpfen. Obwohl sie gut verdiente, reichte das Geld nicht aus. Die nächste Aufstockung des Kredites war schon vorprogrammiert.

„Nimmt das denn nie ein Ende?", dachte Nora, als sie sich auf den Weg nach Hause machte. Lutz verdiente zwar in den letzten Monaten auch etwas bei Gelegenheitsarbeiten auf dem Bau, aber er brauchte sehr viel Geld für sich selbst und beteiligte sich kaum an den laufenden Kosten.

Sie schloss die Wohnungstüre auf und hörte, dass der Fernseher lief. „Aha, Lutz ist also schon zu Hause. Aber in welchem Zustand wird er sein? Hoffentlich schläft er", dachte sie. Als sie die Wohnung betrat, spürte sie die Spannung, die in der Luft lag, fast körperlich. Sie setzte sich zu ihm ins Wohnzimmer, um sich das Programm anzusehen.

Plötzlich hörte sie Lutz sagen: „Und, wie soll das jetzt weitergehen?" Seine Stimme war leise, aber jedes Wort presste er gestochen scharf hervor. Lutz war in Kampfstimmung. Eine halb geleerte Flasche Rotwein stand auf dem Tisch, eine bereits geleerte auf dem Boden. Nora bewegte sich jetzt auf ganz dünnem Eis. Sie musste die richtigen Worte finden, und zwar die Worte, die er hören wollte. Sie wusste nicht, worauf er hinauswollte. Aber sie wusste, dass sie jetzt keine Gegenfrage stellen durfte. Das würde ihn noch mehr reizen.

„Wie immer geht es weiter", antwortete sie leise. Lutz schien mit der Antwort erst einmal zufrieden zu sein. Er überlegte kurz und leerte sein Glas in einem Zug. Während er sich nachschenkte, fing er plötzlich an, sie zu beschimpfen, und seine Stimme wurde lauter: „Du dreckiges Stück Scheiße. Was bildest du dir ein? Deine beschissene Mutter, deine beschissene Tochter! Wenn du mein Leben kaputt machst, mache ich dein Leben auch kaputt! Ich werde dich auf deiner Arbeitsstelle unmöglich machen. Einen Brief werde ich dahin schicken und behaupten, du hättest gestohlen. Sie werden dich entlassen." Während er sie beschimpfte, wurde seine Stimme immer lauter. Er redete sich mit hoch rotem Gesicht und wild gestikulierend in Rage. Bei jedem seiner Worte zuckte Nora zusammen. Er schien zu spüren, dass nur noch die Angst vor ihm sie davon abhielt, sich von ihm zu trennen.

„Und wenn du nicht tust, was ich dir sage, werde ich dich umbringen. Dann nehme ich deinen Kopf in beide Hände und mit einem Ruck breche ich dir das Genick. Ich habe das schon mal gemacht. Das ist ganz einfach." Die Vorstellung schien ihn zu amüsieren. Er lächelte. „Oder ich werfe dich in die Kühltruhe und mach den Deckel zu."

Nora stockte der Atem. Sie sah den großen kräftigen Mann vor sich und wusste, dass sie keine Chance hätte, sollte er sein Vorhaben wahrmachen wollen.

Die Beschimpfungen dauerten an. Währenddessen saß Nora stumm auf dem Sofa und ließ sie über sich ergehen. Sie war müde. Es war schon spät. Am nächsten Morgen musste sie wieder fit sein für ihren Job. Sie wollte jetzt einfach nur noch schlafen.

Lutz stand auf. Er ging ins Schlafzimmer, um sich auszuziehen. Nora wagte immer noch nicht, sich zu rühren. Auf einmal stand er nackt, mit steifem Penis in der Zimmertüre. „Los, Alte, du dreckiges Stück Scheiße, du alte Fo…! Jetzt wird gefi…! Los, zieh dir was Fi… an!"

„Nein. Ich will nicht", antwortete sie.

„Was?", schrie er sie an. „Du willst nicht? Das werden wir doch mal sehen!"

Er zog sie an den Haaren vom Sofa ins Schlafzimmer. Als sie sich wehrte, schlug er sie mit der freien Hand auf den Körper. Das Gesicht sparte er aus, um keine sichtbaren Spuren zu hinterlassen. Dann warf er sie auf das Bett und riss ihr die Kleidung vom Körper. Nora wehrte sich verzweifelt. Er legte sich auf sie und seine Hände legten sich um ihren Hals, um sie zu würgen. Nora hatte Todesangst und gab ihren Widerstand auf. Es ist schon erstaunlich, welche Ausdauer ein betrunkener Mann entwickelt, bevor seine Lust befriedigt ist.

Als er endlich von ihr abließ und sich zufrieden auf die Seite rollte, sah Nora auf die Uhr. Es war ein Uhr nachts. Vier wertvolle Stunden konnte sie noch schlafen, bevor sie ins Büro musste.

## Angst

Nora stand morgens vor dem Spiegel im Bad. Sie sah ihr übernächtigtes Gesicht, die dunklen Augenringe, ihre Augen hatten jeden Glanz verloren. Dann fiel ihr Blick auf ihren Hals. Ein paar hellrote Flecke konnte sie ausmachen. Sicherheitshalber legte sie ein Halstuch um. Das, was vergangene Nacht passiert war, geschah nicht zum ersten Mal. Seit einem Jahr bedrohte und vergewaltigte er sie regelmäßig. Ein Gefühl von Verzweiflung, Ekel und Hilflosigkeit überkam sie.

Eine große Schere lag auf der Ablage. Sie nahm

die Schere in die Hand und der plötzliche Drang überfiel sie, sich damit die langen Haare abzuschneiden. In der anderen Hand hielt sie auf einmal eine dicke Haarsträhne. „Schneiden, einfach alle Haare bis zum Haaransatz abschneiden. So lange, bis der Drang, das zu tun, nachlässt und ein Gefühl von innerer Freiheit an seine Stelle tritt", dachte sie.

„Nein, das geht nicht", ermahnte sie sich selbst. „Du musst jetzt ins Büro und brauchst ein gepflegtes Erscheinungsbild." Sie legte die Schere wieder weg. Ihr Pflichtbewusstsein hatte gesiegt.

Was hätte sie tun können, um die Vergewaltigung zu verhindern? Sie hätte sich Hilfe holen können. Aber von wem? Von den Nachbarn? Nein. Kein Nachbar durfte erfahren, was ihr widerfahren war. Sie schämte sich. Die Polizei anrufen? Erstens hätte Lutz nicht zugelassen, dass sie telefonierte, und zweitens hätte die Nachbarschaft den Polizeieinsatz zwangsläufig mitbekommen. Lutz aus der Wohnung werfen? Sie hatten beide den Mietvertrag unterschrieben. Nora fasste einen

Entschluss: „Gleich heute lasse ich mir einen Termin bei einem Anwalt geben. Ich brauche juristischen Rat, ob ich ihn unter diesen Umständen noch hier wohnen lassen muss", dachte sie. Aber was noch schwerer ins Gewicht fiel, war seine Drohung, sie umzubringen. Nora nahm diese Drohung sehr ernst. Ihm traute sie mittlerweile alles zu, denn Lutz hatte nichts mehr zu verlieren. Sie befand sich in einem Kreislauf, aus dem sie nicht mehr herauskam, und hatte Angst um ihr Leben. Angst macht handlungsunfähig. Angst lähmt.

Währenddessen war Lutz pfeifend und singend aufgestanden und trank seinen Kaffee in der Küche. Mit der Tasse in der Hand ging er zu Nora ins Bad. „Wenn du jetzt denkst, dass ich mich entschuldige, dann muss ich dich enttäuschen. Ich entschuldige mich nicht." Er drehte sich um und ging. Die Wohnungstüre fiel ins Schloss.

Lutz hatte sein „Opfer" gefunden und sich in Noras Leben eingenistet, er saugte sich wie ein Blutegel an ihr fest. Fast schleichend war der Prozess, aber unaufhaltsam schlitterte sie auf die persönliche Katastrophe zu. Nora wollte es lange nicht wahrhaben, schlug alle Warnungen in den Wind und verschloss die Augen davor. Bis ihr am Ende nichts mehr blieb als ihre Selbstachtung. Die konnte er ihr nicht nehmen.

*

„Er vergewaltigt und schlägt mich. Ich weiß nicht mehr, was ich tun soll." Nora war verzweifelt und Birte hörte ihr zu. „Sollte ich mich von ihm trennen, wird er mich umbringen! Das droht er mir immer wieder an und beschreibt mir dann bis ins kleinste Detail, wie ich sterben werde." Nora hatte sich endlich geöffnet und ihrer Freundin die ganze Wahrheit erzählt. Die beiden Frauen hatten sich zufällig beim Einkaufen getroffen und spazierten jetzt gemeinsam durch eine nahe gelegene Parkanlage.

Sie steuerten auf eine leer stehende Bank zu, Birte sagte: „Komm wir setzen uns dahin. Sprich dich aus. Ich habe Zeit und höre dir zu."

„Oh wunderbare, treue Freundin", dachte Nora, „ich bin so froh, dass ich dich habe." Von allen anderen Freunden und Verwandten hatte sich Nora nach und nach zurückgezogen. Aber Birte ließ sich nicht „vergraulen". Sie stand immer mit unverbrüchlicher Treue zu ihr.

„Weißt du, Birte, so schlimm sich das auch anhört, die Vergewaltigungen sind für mich nicht das Schlimmste. Da kann ich mich immer gedanklich von meinem Körper lösen und denken: ‚Das bist du nicht, dir passiert das jetzt nicht. Es passiert einer anderen Person.' Schlimmer sind seine Beschimpfungen. Bevor Lutz zur Sache geht, beschimpft er mich und meine Familie auf die übelste Weise. Jedes seiner Worte ist wie ein Messerstich ins Herz für mich. Das scheint ihn wohl anzumachen. Auf seine perverse Art ist das sein Vorspiel."

Birte hörte aufmerksam zu und stellte zwischendurch ein paar Fragen. „In welchem Zustand ist er, wenn das passiert?"

„Er ist dann immer ganz betrunken. Wenn er nüchtern ist, ist er eigentlich ein ganz passabler Kerl. Wenn er nach Hause kommt, war er davor schon in der Kneipe. Zu Hause trinkt er dann weiter."

„Wenn er so betrunken ist, kann er dann überhaupt noch?"

„Du meinst, ob er noch einen ‚hoch' bekommt?"

Birte nickte.

„Manchmal nicht", antwortete Nora. „Aber das ändert nichts an der Lust, die er verspürt, mir Gewalt anzutun und mich zu erniedrigen. Letzte Woche lag er auf mir und hat das Bettlaken vergewaltigt. Er hat den Unterschied überhaupt nicht mehr gemerkt."

Birte lachte laut auf, wurde dann aber sofort wieder ernst. „Warum schläferst du ihn nicht ein?"

„Wie meinst du das? Ein altes, krankes Tier schläfert man ein. Ich kann ihn doch nicht umbringen!" Nora sah ihre Freundin fragend an.

„Nein, das sollst du auch nicht. Was trinkt er, wenn er zu Hause ist?", fragte sie.

„Neuerdings trinkt er nur Rotwein", antwortete Nora.

„Dann besorge dir Schlaftabletten. Mörsere sie klein und schütte sie ihm in die Flasche. Du wirst Ruhe haben, wenn er volltrunken ist. Warst du schon beim Anwalt?"

„Ja", antwortete Nora. „Ich hatte den Eindruck, dass er mir nicht geglaubt hat. Vielleicht wäre eine Anwältin hilfreicher gewesen. Er hat sich meine Geschichte angehört, hat dann seine Schreibtischlampe so gedreht, dass sie mir direkt ins Gesicht leuchtete, um es nach Spuren von Misshandlungen abzusuchen. Natürlich aus der Distanz, er saß mir gegenüber, und so ‚unauffällig' wie möglich. ‚Also, Frau Mertens', meinte er dann gelangweilt, ‚Sie haben einen gemeinsam unterschriebenen Mietvertrag, und den können Sie nur gemeinsam kündigen. Ich kann Ihnen da nicht weiterhelfen.'"

„Da war wohl nichts zu verdienen gewesen für ihn", Birte schüttelte verständnislos den Kopf.

„Die Rechnung hab ich wenige Tage später bekommen. Sie war recht gesalzen für das zehnminütige sogenannte Beratungsgespräch."

Nora erhob sich. „Du, ich muss jetzt nach Hause. Lutz ist zu allem Überfluss auch noch ein Kontrollfreak. Über jede Minute, die ich überfällig bin, muss ich Rechenschaft ablegen. Er durchsucht meine Handtasche und öffnet meine Post. Aber ich hab auch eine gute Nachricht:

Hannah hat sich von Jens getrennt. Sie zieht nächste Woche in die kleine freigewordene Wohnung im Nebenhaus ein. Ich freue mich schon sehr auf sie."

Die beiden Frauen erhoben sich. Birte nahm Nora in den Arm. „Ach Birte, wenn ich doch nur die Kraft hätte, mich von ihm zu trennen. Ich schaffe das einfach nicht. Meine Angst vor ihm ist zu groß."

„Es kommt der Tag, an dem es schaffen wirst. Ich weiß es", tröstete ihre Freundin sie.

Langsam machte sich Nora auf den Heimweg. „Schlaftabletten, das ist die Lösung", dachte sie. Der eiserne Ring der Angst, der sich um ihre Brust gelegt hatte, schien sich ein wenig zu lockern. Es war ein lauer Frühlingstag. Sie nahm auf einmal das Zwitschern der Vögel, das fröhliche Lachen der spielenden Kinder und die glücklichen Gesichter der verliebten Pärchen, die durch den Park spazierten, wahr.

\*

Das Gespräch mit Birte hatte Wirkung gezeigt

und der Trick mit den Tabletten funktionierte. Ein ganzes Jahr lang konnte Nora Lutz auf diese Weise auf Distanz halten. Es stand fast immer eine geöffnete Flasche Wein im Kühlschrank. Wenn nicht, mischte sie ihm die Tabletten unter sein Essen. Lutz schlief sofort ein. Wenn er anschließend wach wurde, ließ er sie in Ruhe. Weder schien er die Tabletten heraus zu schmecken noch wurde er misstrauisch, woher sein großes Schlafbedürfnis plötzlich kam.

Sein Alkoholismus war mittlerweile bereits so weit fortgeschritten, dass er seine Blase nicht mehr unter Kontrolle hatte. Mehr als einmal passierte es ihm auch, dass er in volltrunkenem Zustand im Treppenhaus umfiel und nicht mehr in der Lage war, alleine aufzustehen. Vom lauten Gepolter aufgeschreckt, eilte Nora ihm dann zu Hilfe. Sie sammelte den wirres Zeug lallenden Mann mit durchnässter Hose im Treppenhaus auf und zog ihn dann in die gemeinsame Wohnung. Nachbarn, die neugierig durch den Türspalt sahen, wurden grundsätzlich angepöbelt und bedroht. Wenn Lutz das Treppenhaus betrat, ließ sich kein Nachbar mehr sehen.

Die Unberechenbarkeit und Gewaltbereitschaft dieses Mannes hatte für ihn jedoch Folgen. Nachbarn hatten sich gemeinsam beim Vermieter beschwert und Lutz bekam die Kündigung.

## Trügerische Hoffnung

Lutz hatte sich eine möblierte Wohnung gemietet und war ziemlich zeitnah nach der Kündigung dort eingezogen. Das Geld für die Kaution und die erste Miete lieh er sich von Nora, die weiterhin in ihrer Wohnung bleiben konnte. Sie gab ihm das Geld mit dem Wissen, dass sie es nie wieder sehen würde. Aber das war ihr die Sache wert. Er war endlich weg.

Doch bald musste Nora bemerken, dass sie ihn noch immer nicht los war. Eines Tages schellte das Telefon und Lutz war am Apparat. „Na, Alte", lallte er in den Hörer, „wenn du denkst, dass du dich jetzt von mir trennen kannst, hast du dich getäuscht. Ich habe mir eine Pistole besorgt.

Damit werde ich dich dann erschießen. Ich lauere dir morgens auf, wenn du zur Arbeit gehst, und dann hat dein letztes Stündlein geschlagen. Ich weiß, wo du arbeitest. Wenn du Feierabend hast, dann sei besonders vorsichtig! Hinter jeder Ecke könnte ich mit einer Pistole stehen. Also, denke nicht, dass du dich von mir trennen kannst. Ich erwische dich auf jeden Fall!" Dann legte er auf.

Nora war blass geworden. Sie musste sich setzen. Wie in Trance legte sie den Hörer auf die Gabel. „Mein Gott, es ist noch nicht zu Ende. Hört das denn nie auf?", dachte sie. Was sollte sie tun? Was konnte sie tun? „Die Polizei hilft dir nicht. Sie werden erst tätig, wenn was passiert ist. Liest man das nicht oft genug in der Tagespresse? Dieser Kerl hat dich immer noch in der Hand." Das war Fakt.

Kurzerhand griff sie noch einmal zum Telefon und rief Hannah an, um sie auf den neuesten Stand zu bringen. Ihre Tochter war jetzt Mitte 20 und im Gegensatz zu ihr, die ihre Entscheidungen oft aus dem Bauch heraus fällte, vom Verstand gesteuert.

„Hat er noch einen Schlüssel?", fragte Hannah als Erstes.

„Ja, den hat er noch", antwortete ihre Mutter.

„Ich habe noch ein Reserveschloss und komme jetzt rüber zu dir, um das Schloss für die Wohnungstüre auszuwechseln. Das Haustürschloss können wir allerdings nicht auswechseln, wegen der anderen Mieter. Bis gleich!"

Das war ihre Tochter. Hannah war handwerklich begabt. Sie konnte Schlösser auswechseln, Regale und Schränke zusammenbauen und Gebrauchsanweisungen lesen. „Das hat sie von ihrem Vater", dachte die stolze Mutter.

Als Hannah mit der Arbeit fertig war, sagte sie: „So, Mama, du bist jetzt hier oben sicher. Ich muss gehen, Martin wartet auf mich." Mit Martin lebte sie nun schon seit zwei Jahren zusammen. Nora bekam noch einen Kuss und eine Umarmung, dann war ihre Tochter wieder weg.

Nora ging zu Bett und beschloss, am Morgen eine Stunde früher aufzustehen. Sie musste ihre Gewohnheiten ändern. Dem „Wahnsinnigen", wie sie ihn nannte, traute sie zu, dass er sie morgens vor der Haustüre mit einer geladenen Pistole empfing. Endlich fiel sie in einen unruhigen Schlaf.

In dieser Nacht hatte Nora einen Traum. Sie stand in einer bizarren, kargen Felslandschaft und sah Lutz. Er wurde von drei mit schwarzen Kampfanzügen bekleideten Männern verfolgt. Über ihre Gesichter hatten sie eine schwarze Wollmütze mit Sehschlitzen gezogen. Sie bewegten sich lautlos. Die Männer hatten ihn eingeholt. Zwei hielten ihn fest. Der dritte erschlug ihn mit einem großen Felsbrocken. Lutz überlebte diesen Anschlag. Dann stachen sie mit einem großen Messer auf ihn ein. Auch das überstand Lutz unverletzt und lief weiter. Dann hatten ihn die Männer wieder eingeholt und stießen ihn vereint von einem Felsvorsprung in die Tiefe. Nach einer kleinen Weile kam Lutz wieder an die Oberfläche des Felsens und hangelte sich zurück auf festen Boden. Auf einmal hatte einer der Männer einen großen, stählernen Widerhaken in der Hand. Zwei Mann hielten ihn fest, einer riss ihm damit seine Zunge aus dem Mund. Lutz war endlich besiegt. Er konnte nicht mehr reden und somit Nora nie mehr schaden. Als der Wecker klingelte, erwachte sie schweißnass.

Nach dem Duschen und Frühstücken verließ sie frühmorgens um sechs Uhr das Haus. Sie schloss die Haustüre und blieb einen Moment wartend davor stehen. Es war noch dunkel und ihre Augen hatten sich noch nicht vollständig an die Dunkelheit gewöhnt. Nora holte tief Luft und sah sich nach allen Seiten suchend um. Die Straße war um diese Uhrzeit menschenleer. Ein paar PKWs fuhren an ihr vorbei. Von ihnen schien aber keinerlei Gefahr auszugehen, denn sie verlangsamten beim Näherkommen nicht ihre Fahrt, sondern fuhren im gleichen Tempe an ihr vorbei.

„Die zwanzig Meter bis zu deinem Auto schaffst du spielend", versuchte sie sich zu beruhigen. „Außerdem bist du dabei in Bewegung und für einen Schützen bei diesen Lichtverhältnissen kein gutes Ziel. Nur Mut! Jetzt lauf los".

„Hallo Nora. Heute schon so früh"?, begrüßte sie der Benno, der Pförtner, als sie eine Stunde später an ihm vorbei ins Bürogebäude eilte.

„Du weißt doch. Es ist viel zu tun ...", antwortete sie ihm lachend.

„... lassen wir es liegen", vervollständigte er den Satz. Die Hektik des Büroalltags tat ihr gut und lenkte sie ab. Nach ein paar Tagen warf sie alle Vorsichtsmaßnahmen über Bord und ging wieder zur gewohnten Zeit aus dem Haus. „Ich kann nicht zulassen, dass er dermaßen mein Leben diktiert", beschloss sie. Ob er jemals mit seiner Pistole hinter einer Ecke gestanden hatte, um sie zu erschießen, fand sie niemals heraus.

## Millennium 2000

Noch einmal war Nora in der Folgezeit umgezogen. Zu viele negative Erinnerungen verband sie mit der alten Wohnung. Lutz geisterte zwar immer noch durch ihr Leben, aber ihn konnte sie auf Distanz halten, seit er seine eigene Wohnung hatte. Da er als Gelegenheitsarbeiter kein regelmäßiges Einkommen hatte, musste Nora oft aushelfen. Sie zahlte ihm nicht nur die Miete, sondern auch die Telefon- und Stromrechnungen. „Besser noch, als wenn er wieder bei mir einzieht", dachte sie, als sie ihren laufenden Kredit wieder einmal aufstocken musste.

Das Jahr 2000 war gerade angebrochen, als Hannah eines Abends anrief. „Du, Mama, der Lutz lässt fragen, ob er wieder bei dir einziehen kann. Er muss aus der Wohnung ausziehen. Frage nicht, warum. Das hat er nicht erzählt."

Nora stockte fast der Atem. „Das Ganze noch einmal von vorne? Nein, auf gar keinen Fall!", gab sie ihrer Tochter zur Antwort.

„Mama, er weiß nicht, wohin er soll. Er sagt, er steht sonst auf der Straße. Es wäre nur für ein paar Wochen, dann bekommt er eine andere Wohnung."

„Ich muss mir das in Ruhe überlegen", Nora wurde langsam weich. „Ich rufe dich gleich zurück."

Im Grunde genommen war er ein jämmerlicher Feigling, der sich nicht traute, selbst anzurufen, und das Kind vorschickte. Diese Erkenntnis fiel ihr wie Schuppen von den Augen und machte sie stark. Stark genug, um ihm künftig Paroli bieten zu können.

Sie griff erneut zum Telefonhörer. „Also gut, Hannah. Er kann wieder einziehen, aber unter folgenden Bedingungen: In sechs Wochen zieht er wieder aus und er schläft auf dem Sofa. Ins Schlafzimmer kommt er mir nicht!"

Lutz zog wieder bei Nora ein und backte kleine Brötchen. Er hielt sich an die Abmachung, auf dem Sofa zu schlafen, und rührte Nora nicht an. Sogar seine Mahlzeiten bereitete er sich selbst zu. Nur Anstalten, wieder auszuziehen, machte er keine.

Nora sprach ihn schließlich darauf an: „Sag mal, Lutz, du wohnst jetzt seit acht Wochen wieder hier. Verabredet waren sechs. Ich gebe dir noch eine letzte Frist bis Mitte des Jahres. Dann bist du hier wieder ausgezogen." Er nickte. Aber irgendwie glaubte sie ihm nicht. Er war auch wieder in alte Gewohnheiten verfallen. Sein

Alkoholkonsum war wieder dramatisch gestiegen. Nora hatte sich für alle Fälle Pfefferspray besorgt und trug die kleine Spraydose immer in der Hosentasche versteckt mit sich herum. Wenn sie zu Bett ging, lag sie unter ihrem Kopfkissen. Dieses Mal wollte sie gewappnet sein und sich wehren.

Wenn er abends nach dem Essen volltrunken, mit geöffnetem Mund und zurückfallendem Kopf, laut schnarchend auf dem Sessel lag, fragte sie sich im Stillen: „Was würde jetzt passieren, wenn ich ihm ein Stück von dem übrig gebliebenen Hackfleischkloß in den Mund stecke?" Aber diese Frage war natürlich rein rhetorisch.

*

Hannah war zu Besuch gekommen. Sie wedelte freudestrahlend mit einem Reiseprospekt herum: „Mama, Mama, schau mal. Ich habe hier einen Prospekt von Rom mitgebracht. Sollen wir beide da im Juni hinfahren?" Hannah war ganz aufgeregt. „Stell dir vor: Im Millenniumjahr sind wir zwei in Rom!" Sie sah ihre Mutter erwartungsvoll an. Diese war noch nicht ganz überzeugt.

Dann mischte sich Lutz in das Gespräch ein: „Du hast doch bald Geburtstag, Nora. Ich schenke dir die Reise zum Geburtstag!" Er wollte für gute Stimmung sorgen. Immerhin stand sein Verbleib in der Wohnung auf dem Spiel.

„O.k., fahren wir nach Rom", beschloss Nora. „Gleich morgen buchen wir die Reise."

So geschah es auch. Ein paar Wochen später waren Mutter und Tochter in Rom, wobei die Tochter meistens nur physisch anwesend war, denn sie hatte sich frisch verliebt. Es schien etwas Ernstes zu sein, denn Hannah schrieb und telefonierte unentwegt mit dem neuen Mann in ihrem Leben.

Sie hatten sich einer Reisegruppe angeschlossen und besichtigten unter anderem den Petersdom. Dies war ein besonderes Erlebnis für Nora. „Unter dem Dom wurden während des Zweiten Weltkrieges die sterblichen Überreste des Apostels Petrus gefunden", hörten sie die Ausführungen der Reiseleiterin. „Ich lasse Ihnen jetzt eine halbe Stunde Zeit, alles auf sich wirken zu lassen."

Nora war in stiller Andacht versunken, denn sie war ein gläubiger Mensch, zwar keine regelmäßige Kirchgängerin, aber sie glaubte an eine höhere Macht. Und auf einmal war ihr klar, warum sie hier war, in diesem besonderen Jahr 2000 an diesem besonderen Ort. „Lieber Gott", betete sie, „ich bitte dich aus tiefstem Herzen, gebe mir Kraft. Gebe mir die Kraft, die es mir ermöglicht, mich von Lutz endgültig zu trennen." Sie war so tief in das Zwiegespräch mit Gott versunken, dass sie ihr Umfeld nicht mehr wahrnahm. Erst als Hannah sie sanft anstieß, war sie wieder in der Gegenwart angekommen. Schweigend verließen sie den Dom.

\*

Im darauffolgenden November war Lutz noch immer nicht aus ihrer Wohnung ausgezogen. Als ihn Nora erneut darauf ansprach, flehte er sie förmlich an: „Bis Januar, bitte gebe mir noch eine letzte Frist bis Januar, dann ziehe ich hundertprozentig aus."

„Der wird freiwillig nie ausziehen", dachte sie resignierend, „bis jetzt hat er sich aber an alle getroffenen Vereinbarungen gehalten. Er schläft im Wohnzimmer und hat sich mir gegenüber anständig benommen." Diese allerletzte Frist sollte er also noch bekommen, auch in Anbetracht der Tatsache, dass der Winter vor der Türe stand. Ihr Helfersyndrom war wieder stärker als jede Vernunft.

Wie ein geprügelter Hund stand er vor ihr, als sie ihm schließlich versprach: „Also gut, Lutz, bis Januar kannst du noch bleiben, länger nicht." Dann wandte sie sich wieder ihrer Hausarbeit zu. Oh Nora, du gutmütiges, leichtgläubiges Schaf. Warum hast du nicht genauer hingesehen? Dann hättest du das gefährliche Aufblitzen in seinen Augen wahrgenommen, den verschlagenen Gesichtsausdruck, weil der schmutzige Plan in seinem Kopf nun Gestalt annahm.

Einige Tage später, an einem trüben, regnerischen und kalten Novemberabend, kam Lutz betrunken aus der Kneipe nach Hause. Sein erster Gang führte ihn in die Küche, um sich das

Essen warm zu machen. Als er gegessen hatte, setzte er sich auf einen Sessel ins Wohnzimmer und fing sofort an zu stänkern. Nora sagte nichts. Sie saß auf dem Sofa unter einer wärmenden Decke und ihre rechte Hand umklammerte fest das Pfefferspray.

Dann sprang er aus seinem Sessel auf und wollte sich mit den Worten „So, Alte, ich fi... dich jetzt in den Ar..." auf sie stürzen. Als er sich über sie beugte, drehte Nora blitzschnell ihren Kopf zur Seite, um nicht von herabfallenden Partikeln getroffen zu werden, und sprühte ihm fast den gesamten Inhalt der Dose in die Augen. Er ließ sofort von ihr ab, rieb sich die brennenden Augen. Diese Gelegenheit nutzte Nora, um aufzuspringen, sich das Handy und den Haustürschlüssel zu greifen und Richtung Wohnungstüre zu laufen. Lutz war währenddessen ins Bad getorkelt. Er versuchte, sich die Augen auszuwaschen. Diese Zeit nutzte Nora, um ihre Tochter anzurufen: „Ich brauche Hilfe. Könnt ihr schnell kommen?" Dann wartete sie in der offenen Tür auf Hannah und ihren Verlobten Max.

Die beiden waren in zehn Minuten bei ihr, obwohl man für diese Strecke unter normalen Umständen mehr als doppelt so lange brauchte. Zu Dritt betraten sie die Wohnung. Lutz lag auf dem Sofa und wiegelte ab: „Es ist schon gut, ich mach nichts mehr. Es ist schon gut."

„Doch, du machst jetzt was!", Noras Stimme war fest und entschlossen. „Du packst jetzt deine Sachen und verschwindest auf Nimmerwiedersehen!" Sie hatte auf einmal keine Angst mehr.

Aber er machte immer noch keine Anstalten, aufzustehen. Da fingen die beiden Frauen an, seine Sachen in blaue Plastiksäcke zu packen. Lutz merkte, dass seine Lage aussichtslos war. Er stand auf und wollte sich auf Nora stürzen mit den Worten: „Man kann einen Menschen doch nicht einfach vor die Türe setzen! Schließlich hab ich Miete bezahlt." Doch Hannah und Max stellten sich ihm in den Weg. Hannah nahm das Telefon und rief die Polizei an. Da floh Lutz aus der Wohnung.

Als die Polizisten eintrafen, schilderte Nora ihnen die Situation. Die Beamten baten um ein neueres

Foto von Lutz und leiteten sofort eine Nahbereichsfahndung ein. Im Laufe dieser Fahndung fingen sie ihn ein und nahmen ihn mit zur Wache.

„Wollen Sie Anzeige erstatten?", fragte die junge Beamtin.

„Ja. Ich erstatte Anzeige", antwortete Nora. Lutz sollte für all seine Taten die Verantwortung übernehmen.

Für die Gerichtsverhandlung wegen mehrfacher Vergewaltigung und Körperverletzung wurden zwei Verhandlungstage angesetzt. Da Lutz alles bestritt, blieb Nora die Peinlichkeit nicht erspart, aussagen zu müssen. Lutz Kowalski wurde bereits am ersten Verhandlungstag noch im Gerichtssaal verhaftet und am zweiten Verhandlungstag zu sieben Jahren Gefängnis verurteilt. Das Gericht glaubte ihr.

Nora zog noch einmal um. Dann ließ sie sich von ihrem Arbeitgeber in einen anderen Stadtteil versetzen, wechselte die Bank und nahm einen neuen Namen an.

Aus Nora Mertens wurde Nora Unger. Das war ihr Versuch der Vergangenheitsbewältigung.

Doch die Vergangenheit lässt sich nicht so leicht abschütteln.

## 3. Kapitel

### Das Leben danach

Nora schritt langsam durch eine menschenleere Straße, während im Osten die Sonne aufging. Sie sah sich um. Rechts und links von ihr standen hohe Häuserreihen, die sie fast zu erdrücken schienen. Doch da, was war das? Straßenbauarbeiter waren dabei, die Straße aufzureißen.

„Sie werden ihn finden, mein Gott, sie werden ihn finden", dachte Nora, „es ist nur noch eine Frage der Zeit und sie finden den großen blauen Sack mit der Leiche darin, den ich hier heimlich vergraben habe!" Auf einmal überkam sie das schreckliche Gefühl, einen Mord begangen zu haben, eine Mörderin zu sein. „Du hast einen Menschen getötet", dachte sie, ohne zu wissen, wen sie überhaupt getötet hat. „Sie werden den Sack finden. Dann bist du geliefert. – Aber wieso? Sie wissen doch nicht, dass du das gemacht hast." Dieser Gedanke stimmte sie wieder froh. Wenn nur nicht das Schuldgefühl wäre.

Leise stöhnend wand sie sich in ihrem Bett hin und her, bis sie endlich mit einem Aufschrei erwachte. Sie setzte sich benommen auf, um sich zu orientieren. Diesen Traum träumte sie in letzter Zeit immer wieder. Wenn nicht diesen, dann träumte sie davon, dass Lutz versuchen würde, nachts in ihre Wohnung einzubrechen, um sich an ihr zu rächen. Seit acht Monaten saß er schon im Gefängnis. Er konnte ihr nichts mehr antun, das war sicher. Aber sie hatte immer noch Angst vor ihm.

„So geht das nicht mehr weiter", dachte Nora. „Es wird Zeit, dass du wieder aktiv am Leben teilnimmst." Viel kosten durfte ihre künftige Freizeitgestaltung allerdings nicht, denn ihre finanziellen Mittel waren beschränkt. Nora hatte begonnen, Monat für Monat ihren Schuldenberg abzutragen. „Es wird zehn Jahre dauern, aber wenigstens wird es weniger", tröstete sie sich.

*

Das Licht flackerte in bunten Farben, überall lachende Gesichter. Junge Leute standen dicht gedrängt um die beiden Frauen herum und wiegten ihre Körper im Takt der Musik, die laut aus den Lautsprechern dröhnte. Hier wurden erste Kontakte geknüpft und Verabredungen getroffen.

Birte reichte Nora ihr Getränk. „Na, war das nicht eine gute Idee, in die Disco zu gehen?", fragte sie.

Nora nahm das Getränk entgegen und nippte daran. Lachend antwortete sie: „Jetzt können wir mal wieder so richtig abtanzen. Der Typ da hinten", sie zeigte auf einen sympathisch wirkenden jungen Mann, „sieht schon die ganze Zeit zu uns herüber. Der wird dich gleich auffordern, Birte." Nora hatte den Satz kaum zu Ende gesprochen, da war Birte mit ihrem Verehrer schon unterwegs zur Tanzfläche.

Mit ihren 50 Jahren konnten es beide noch gut

mit den jungen Frauen hier aufnehmen. Birte war eine große, etwas kräftige Frau. Sie kleidete sich modisch und verstand es, kleinere Pölsterchen mit der richtigen Kleidung zu kaschieren. Ihre blonden Haare waren zu einem modernen Kurzhaarschnitt gestylt.

Nora hatte ihre langen, lockigen Haare zu einem frechen Bob schneiden lassen, der ihre hohen Wangenknochen perfekt zur Geltung brachte. Sie trug Jeans und ein sexy Top dazu. Während sie an ihrem Getränk nippte, sah sie zur Tanzfläche, um Birte zu suchen. Die Lichtblitze fielen rhythmisch zur Musik auf die Tanzenden nieder. Nora hatte ihre Freundin erspäht, die an diesem Abend ein enges schwarzes Jerseykleid trug, und sie traute ihren Augen nicht. Birte bot ihr ihre Hinteransicht und Nora erblickte einen prallen, runden Po in einer weißen Unterhose, der sich im Takt der Musik hin und her bewegte. Der übrige Körper war visuell in den Hintergrund getreten. Jetzt drehte Birte bzw. die weiße Unterhose sich einmal um sich selbst, um sich mit kreisenden Bewegungen weiter dem Takt der Musik hinzugeben.

Nora verschluckte sich fast. Sie rief laut nach ihrer Freundin. Birte hörte sie nicht. Dann versuchte sie es mit Handzeichen. Birte lächelte freundlich zurück.

Erst als der Song zu Ende war, kehrte sie zurück an ihren Platz.

„Du hast eine weiße Unterhose an?" Das war mehr eine Feststellung als eine Frage.

Birte nickte: „Ja, und?"

„Die hat man die ganze Zeit auf der Tanzfläche durch das Kleid durchschimmern sehen", antwortete Nora.

Das schien die Freundin aber nicht sonderlich zu erschüttern. „Och", war die Antwort. „Was hast du denn für eine an, Nora?"

„Eine schwarze."

„Komm mit. Wir gehen zur Toilette."

„Warum?", fragte Nora.

„Na, damit wir die Unterhosen tauschen können. Was denkst du denn?"

Die Unterhosen wurden natürlich nicht getauscht. Birte knotete sich ihre schwarze Strickjacke um die Taille. Damit war das Problem für den Rest des Abends gelöst.

Lachend machten sich die beiden morgens früh um vier auf den Heimweg. „Lass uns das unbedingt bald wiederholen!", rief Birte ihrer Freundin noch zu, bevor sie sich in ihr Taxi Richtung Heimat setzte.

*

Das Telefon schellte. Nora sprang mit einem Satz aus dem Bett und hörte die Stimme ihrer Tochter. Da sie es nicht mehr rechtzeitig geschafft hatte, den Hörer abzunehmen, hatte Hannah ihr auf den AB gesprochen: „Mama, wir kommen heute zum Kaffee und haben eine Überraschung für dich. Was es ist, wird nicht verraten! Bis später."
„Aha, die Kinder haben also eine Überraschung", dachte Nora, während sie sich das Frühstück zubereitete. Hannah und Max waren jetzt frisch verheiratet. Sie waren ein schönes Paar und passten gut zusammen. Hannah war zu einer attraktiven, jungen Frau herangewachsen. Das dunkle Haar trug sie schulterlang. Sie war einen halben Kopf größer als ihre Mutter und

gertenschlank.

Durch ihre Fürsprache hatte Hannah eine Tätigkeit bei derselben Firma, in der auch Nora beschäftigt war, bekommen. Nora brauchte es nie zu bereuen, Hannah war fleißig und zielstrebig. Hier hatte sie auch ihren Mann Max kennengelernt, ein eher südländischer Typ, sportlich schlank und hoch gewachsen. Die schwarzen Haare trug er zu einer modischen Kurzhaarfrisur. Er war ein lieber, hilfsbereiter junger Mann. Nora hätte sich keinen besseren Schwiegersohn wünschen können.

Während sie die zweite Tasse Kaffee trank, dachte sie über die vergangenen zwei Jahre nach, in denen sie versucht hatte, ihr Leben neu zu ordnen. Die anfänglichen Albträume waren seltener geworden. Sie hatte ihre Arbeit, die sie auf andere Gedanken brachte, war einem Rommé-Club beigetreten, der sich „Die Anleger" nannte, und ging ab und zu mit Birte aus. Das war ihr neues Leben. Die seelischen Wunden waren dabei, zu heilen. Da sie Lutz sicher im Gefängnis wähnte, flaute auch langsam die Angst vor ihm ab.

„Jetzt aber schnell unter die Dusche, die Kinder kommen bald!", rief sie sich selbst zur Ordnung.

Die Zeit verging wie im Fluge und schon bald läutete die Türglocke. Nora öffnete – und was sie nun sah, freute sie sehr. Hannah und Max trugen einen Bildschirm und einen Rechner die Treppe herauf.

„Hallo Nora. Das ist für dich!", wurde sie von Max begrüßt, nachdem die Geräte abgestellt waren. „Wir haben uns ein Notebook gekauft und du kannst unsere alten Geräte haben. Wo sollen wir sie am besten aufstellen?"

Nora nahm ihre Kinder fest in die Arme und bedankte sich. Ihr schmales Budget ließ die Anschaffung dieser Geräte nicht zu, so dass sie für das Geschenk dankbar war. Während Max mit den Einstellungen beschäftigt war, deckten Hannah und sie den Tisch.

„Die Überraschung ist euch gelungen. Werde mir jetzt im Internet die einsamen Abende vertreiben", wandte sich Nora lachend an ihre Tochter.

„Viel Spaß dabei, Mama."

Sie tranken noch gemeinsam Kaffee und danach

machten sich die beiden wieder auf den Weg.

## Nora ist online

„Da wollen wir doch mal sehen, was in diesem Forum so los ist." Nora war bei einem Partnerportal gelandet. Die Registrierung war kostenlos, so gab sie ihr Profil ein und lud auch ein Foto von sich hoch. Lange brauchte sie nicht zu warten, bis der erste Interessent sie anklickte. „BiFi25" kam schnell zur Sache. Er schrieb, dass er Handelsvertreter wäre und im Moment beruflich unterwegs sei. Die Nacht würde er in einem Hotel in der Nachbarstadt verbringen. „BiFi" erklärte außerdem, Noras Foto würde ihm gefallen. „Wenn du mir deine Mail-Adresse gibst", schrieb er, „dann sende ich dir auch ein Foto, damit du dir ein Bild von mir machen kannst." Er fügte hinzu: „Vielleicht können wir uns ja heute noch sehen?"

Obwohl ihr das doch alles ein wenig zu schnell ging, siegte die Neugierde. Es dauerte keine fünf Minuten, da war ihr Account mit seinen Fotos zugepflastert. Sie öffnete die Bilder und staunte: „BiFi" lässt leicht bekleidet beim Sport seine Muskeln spielen; „BiFi" am Strand, bekleidet mit einer knappen Badehose in Siegerpose; „BiFi" mit nacktem Oberkörper vor dem Grill stehend und prüfend, ob die Würstchen schon fertig sind usw.

„Manchmal ist weniger mehr", dachte Nora. „Ziemlich plump, der Herr Handelsvertreter. Heute Abend wird er auf Handbetrieb umstellen müssen." Nora lehnte dankend ab. Sie hatte erst einmal genug und schaltete den PC aus.

Inzwischen war es schon spät geworden und Nora legte sich schlafen. „Da hast du ja am Samstag, wenn die Rommé-Frauen kommen, was zu erzählen." Mit diesem Gedanken schlief sie ein.

*

Nora und weitere vier Frauen spielten seit einem Jahr zusammen Rommé. Sie nannten sich „Die Anleger". Damit das Spiel einen gewissen Reiz bekam, spielten sie um Geld. Jeder verlorene

Punkt kostete einen Cent. Startgeld war ebenfalls fällig. Das eingespielte Geld kam auf ein Konto und wurde gespart, bis genug für eine gemeinsame Reise zusammen war. Reihum war jede von ihnen einmal Gastgeberin und sorgte auch für das leibliche Wohl.

Dieses Mal trafen sie sich bei Nora. Als Erste waren Maren und Noras jüngere Schwester Esther eingetroffen. Esther war eine gut aussehende, blonde Frau vom Typ Kim Basinger. Ihre Bewegungen hatten etwas Katzenhaftes. Maren war eine kleine, zierliche Frau von herber Schönheit. Als gelernte Visagistin verstand sie es, sich immer typgerecht zurechtzumachen. Beide Frauen waren zwei Jahre jünger als Nora und trugen ihre blonden, leicht gewellten Haare schulterlang.

Die Türglocke läutete erneut. Maria, die Älteste aus der Gruppe, und Pamela waren eingetroffen. Maria war eine resolute Geschäftsfrau, die ein Reisebüro betrieb. Sie war zehn Jahre älter als der Rest der Runde und aß für ihr Leben gerne Schokoladentrüffel. Pam, wie sie genannt wurde, war dunkelhaarig und Maria blond. Beide Frauen hatten ihre Haare zu einem kurzen Pagenkopf geschnitten und waren etwas pummelig.

Als die Frauen Höflichkeiten ausgetauscht hatten, setzten sich alle an den Tisch und aßen. Nach dem köstlichen Mahl wurde der Tisch abgeräumt und bald lagen die Karten bereit. Sie hätten jetzt eigentlich anfangen können zu zocken. Aber niemand nahm die Karten in die Hand. Alle sahen erwartungsvoll auf Nora. Die genoss diesen Augenblick und ließ sich nichts anmerken. Sie stand erst einmal auf und holte die Süßigkeiten.

„Ja, nu' sag schon", es war Maren, die die Spannung nicht mehr aushielt. „Gibt es etwas Neues?" Jetzt war es heraus. Nora hatte ihnen von ihren kuriosen Erlebnissen im Internet berichtet und auch schon ein paar Geschichten zum Besten gegeben. Die Mädels wollten jetzt mehr hören.

Es war mucksmäuschenstill im Raum. Vier Augenpaare waren erwartungsvoll auf Nora gerichtet, die in die Runde hinein fragte: „Die Geschichte von ‚BiFi' kennt ihr schon?" Sie nickten. „Auch die von dem angeblichen

Franzosen, der mir Folgendes schrieb: ‚Madame, haben Sie die Liebenswürdigkeit und lassen mich ihre getragenen Strümpfe ablecken?'"

Die Frauen lachten. „Ja, die kennen wir auch schon", antwortete Esther stellvertretend für alle.

„Die Geschichte von dem Typen, der vorgab, Stationsarzt zu sein, kennt ihr aber noch nicht, oder?"

„Nein, erzähl!", riefen die Frauen.

„Ist aber nichts für schwache Nerven", warnte Nora die anderen, mit einem Seitenblick auf Pam, die immer sehr schamhaft war.

„Wir wollen sie hören!", war der allgemeine Tenor.

So begann Nora mit ihren Ausführungen: „Letzte Woche Samstag konnte ich nicht einschlafen. Also bin ich so gegen 23 Uhr noch einmal in den Chat gegangen, um mir die Zeit zu vertreiben. Es dauerte nicht lange, da wurde ich von einem Mann angeklickt. Ich las das Profil. Er gab vor, Arzt zu sein. Sein Bild zeigte einen gut aussehenden, blonden Mann mittleren Alters im Skianzug, der sich lachend auf einem Skistock abstützte. Mir gefiel, was ich sah, also antwortete ich ihm. Nach den ersten Belanglosigkeiten, die wir austauschten, lenkte er das Gespräch geschickt auf die sexuelle Schiene. ‚Mal sehen, wie weit er geht', dachte ich und ließ mich darauf ein. – ‚Ich liebe es', erzählte er, ‚wenn eine Frau beim Sex einen kurzen, schwarzen Rock, schwarze Lederstiefel und eine weiße Bluse trägt. Sie soll aussehen wie eine strenge Lehrerin und mich verbal und mit einem Stock bestrafen, wenn ich unartig bin.' – ‚Aha', dachte ich, ‚er steht auf Erniedrigungen und Prügel.' Einen Augenblick kam mir Lutz in den Sinn. Dann stand mein Entschluss fest: ‚Du willst beschimpft und geschlagen werden? Das kannst du haben. In Vertretung für Lutz bekommst du jetzt alles ab.'"

Die Mädels waren still geworden. Man konnte eine Stecknadel fallen hören. Selbst wenn es jetzt anfing, Pam peinlich zu werden, ließ sie sich nichts anmerken und hörte ebenfalls gespannt zu.

„Ja, kennst du dich denn mit diesen Sadomaso-Praktiken aus?", fragte Esther dann.

„Nein, natürlich nicht", antwortete Nora. „Er hat

mir im Vorfeld verraten, welche Beschimpfungen ihn besonders anmachen. Einen Moment dachte ich noch: ‚Du bist so ein gut aussehender Mann, schade (für mich), dass du auf so was stehst.' Bevor ich loslegte, beschrieb ich ihm bis ins kleinste Detail, was die Domina heute für aufreizende Kleidung trägt, und dachte, während ich an mir heruntersah: ‚Wenn der wüsste, dass du in der alten, ausgebeulten grauen Jogginghose mit den großen Kaffeeflecken und dem ausgeblichenen T-Shirt hier sitzt.' Dann ging es los: ‚Du armseliger Wicht, ich werde dich zertreten wie einen Wurm, wenn du mir nicht gehorchst. Los, leck den Staub von meinen Stiefeln ab, sonst setzt es was, du räudiger Hund, du!' – Er war sexuell erregt und wimmerte: ‚Mach weiter! Ja, mach weiter!' – Das Ganze zog sich fast eine Stunde hin. Ich schimpfte und schlug ihn, natürlich nur verbal, bis er plötzlich schrieb: ‚Meine Nachbarin steht vor der Türe. Sie will mitmachen. Sollen wir sie reinlassen?' – Ich verstand sofort, worauf er hinaus wollte, und schrieb zurück: ‚Ja, lasse sie hereinkommen. Aber mitmachen darf sie nicht. Nur zuschauen.

Wir ketten sie am Bettgestell fest.' – Diese Vorstellung machte ihn noch mehr an. Er schien sehr erregt zu sein. ‚Es dauert nicht mehr lange, bis ich komme. Willst du es sehen?' – Klar wollte ich das sehen! Also schaltete er seine Webcam an und erteilte mir die Erlaubnis, zuzuschauen. Was ich dann sah, verschlug mir allerdings die Sprache. Als Erstes sprang mir so ein dicker, praller Dödel entgegen. Dann konnte ich einen Blick auf den Mann werfen, dem er gehörte. Es war ein verfetteter, älterer Typ mit einer Halbglatze in einem schmuddeligen T-Shirt. Richtig asozial sah der aus. ‚So, so', dachte ich bei mir, ‚du bist also der gut aussehende, sympathische Arzt und willst jetzt mit meiner Hilfe zum Höhepunkt kommen. Das hast du dir aber nur gedacht.' – ‚Mach weiter, mach weiter! Ich komme gleich!', las ich noch, bevor ich kurzerhand den PC, nicht ohne eine gewisse Genugtuung, ausschaltete."

„Aber das ist doch ein Partnerportal, in dem du da chattest. Gibt es denn da nur sexuell Kranke oder kann man auch ‚normale' Männer kennenlernen?", wollte Maria wissen.

„Es gibt auch ‚normale' Männer. Mit einem bin ich im Moment telefonisch in Kontakt, er heißt Frank. Wir treffen uns nächste Woche das erste Mal in einem Café. Was daraus geworden ist, erfahrt ihr beim nächsten Kartenabend. Lasst uns jetzt anfangen." Die fünf Frauen widmeten sich nun dem Kartenspiel und es wurde ein lustiger Abend.

\*

Der Rommé-Club traf sich regelmäßig und schon bald saßen sie wieder alle zusammen, dieses Mal bei Pam. Natürlich waren die Freundinnen sehr gespannt darauf, was Nora wieder zu berichten hatte.

„Und, gibt es was Neues?" Es war Maren, die ihre Neugierde nicht bezwingen konnte. „Du hast dich doch mit Frank getroffen. Wie war der denn so?"

„Kannst du vergessen, den Mann", antwortete Nora. „Er sah eigentlich ganz nett aus. Etwas größer als ich, schlank, gepflegte Erscheinung. Dann begrüßten wir uns und das Erste, was ich roch, war seine Schnapsfahne. Er hatte am frühen Nachmittag schon eine Fahne, stellt euch das mal vor. Das habe ich jahrelang gehabt und muss es nicht wieder haben. Trotzdem bin ich mit ihm Kaffee trinken gegangen. Während wir uns gegenübersaßen, starrte er mir dauernd in den Ausschnitt."

„Der hat sich bestimmt Mut angetrunken", wandte Maria lachend ein.

„Mag sein. Ich hab ihm dann vorsichtig zu verstehen gegeben, dass das mit uns beiden nichts wird. Außerdem", sie wandte sich wieder ihren Freundinnen zu, „muss ich jetzt nicht um jeden Preis einen Mann kennenlernen. Das Leben ist auch als Single schön." Die Freundinnen nickten zustimmend. Alle, bis auf Pam, die Witwe war, hatten eine Scheidung hinter sich und lebten alleine.

„Da hast du aber heute wieder lecker gekocht!", lobte Esther die Kochkünste ihrer Freundin Pam, bevor sich alle schließlich dem Kartenspiel zuwandten.

## Hein Schmitz

Die ersten Tage im Oktober waren angebrochen. Nora blickte aus dem Fenster und sah die Bäume, deren Laub in satten Gelb- und Rottönen leuchtete. „Die Natur bereitet sich langsam auf den Winterschlaf vor", dachte sie und ihr wurde wehmütig ums Herz. „Bald werfen sie ihr Laub ganz ab und dann bricht die karge Jahreszeit an." Melancholie ergriff von ihr Besitz. Sie dachte an ihre Träume, die großen Pläne, die sie als junge Frau von Mitte 20 hatte. Damals wollte sie in ihrem Leben etwas bewegen. Bei der Gleichberechtigung der Frauen in der Berufswelt lag noch viel im Argen. „Gleicher Lohn für gleiche Arbeit" stand bei ihr ganz oben auf der Agenda. Dann trat jedoch Lutz in ihr Leben und der Kampf ums eigene Überleben kostete sie all ihre Kraft

„Ach, papperlapapp!", rief sie sich selbst zur Ordnung. „Du bist eine unverbesserliche Idealistin und hast eine Herbstdepression, das ist alles. Die Frauen sind auch ganz gut ohne dich zurechtgekommen." Dann setzte sie sich an den

PC, um zu sehen, ob Post für sie da war.

Sie hatte Post, und zwar von jemandem namens „Bewertes". Es war ein Profil ohne Bild. Normalerweise löschte sie solche Anfragen sofort. Irgendetwas hielt sie dieses Mal jedoch davon ab. Als Nora sich das Profil durchlas, erfuhr sie, dass „Bewertes" ein paar Pfunde zu viel hatte, dunkelhaarig und 1,85 Meter groß war. Er war geschieden und von Beruf Ingenieur im Maschinenwesen. Sie war interessiert, antwortete „Bewertes" aber nicht. „Wenn er ernsthaft etwas von mir will, dann meldet er sich wieder", dachte sie noch, bevor sie die Anfrage löschte.

Aber „Bewertes" ließ nicht locker. „Hartnäckigkeit muss belohnt werden", dachte Nora. Als die dritte Post von ihm mit seiner Telefonnummer kam, rief sie ihn an.

„Bewertes" hieß Hein Schmitz und hatte eine angenehme, warme Stimme. An seinem Dialekt erkannte sie, dass er aus dem Kölner Raum stammte. Sie verstanden sich auf Anhieb. Noch niemals hatte sie mit einem Mann so viel lachen können wie mit ihm, obwohl sie sich noch gar nicht persönlich getroffen hatten. Drei Monate lang telefonierten und schrieben sie sich, bis sie sich das erste Mal gegenüberstanden. Sie wollten es beide langsam angehen lassen.

Hein war ein Mensch vom Typ „liebenswerter Chaot", der es locker schaffte, mit seinem PKW in eine Radarfalle zu geraten, während er sich gerade nach einem heruntergefallenen Gegenstand bückte. Wenn dann ein paar Wochen später die schriftliche Verwarnung kam, zeigte das beigefügte Foto einen dunklen, leicht wuscheligen Haarschopf mit einem Teil seiner Stirn. Der Rest des Gesichtes schaffte es nicht mehr rechtzeitig zur Fotosession.

Sein chaotisches Wesen stellte Hein auch beim ersten Treffen unter Beweis. Sie hatten verabredet, dass er Nora von zu Hause abholen sollte, damit sie gemeinsam essen gehen konnten. Ihre Adresse hatte sie ihm zwar genannt, aber Hein hatte „Anreiseschwierigkeiten". Als er sein Ziel fast erreicht hatte, kam sein erster Anruf: „Du, ich befinde mich auf der Rosastraße. Wie komme ich zu dir?" Er befand sich bereits ganz in der

Nähe, in einer Nebenstraße.

„Du brauchst nur geradeaus zu fahren und dann links abzubiegen", erklärte sie ihm.

Nach zehn Minuten rief er abermals an: „Du, ich bin jetzt auf der Nelkenstraße. Wie muss ich jetzt fahren?"

„Welche Hausnummer siehst du auf der rechten Seite?"

„Die Nummer 220", antwortete er.

„Die Straße ist richtig. Wende und fahre zurück. Du musst zur Hausnummer 27 fahren, da wohne ich."

Es dauerte abermals fast eine halbe Stunde, bis er endlich am Ziel angekommen war. Wie er ihr später gestand, war er beim Wenden des Autos mit den Hinterrädern im Morast steckengeblieben und kam da ohne fremde Hilfe nicht mehr heraus.

Hein hatte Nerven gezeigt – und das machte ihn noch sympathischer. Als sie sich endlich gegenüberstanden, spürte Nora sie sofort, die berühmten Schmetterlinge im Bauch.

# Heins Vater - Josef Schmitz

Josef Schmitz, „Schmitzens Jupp" genannt, hatte eine glückliche Jugend – bis er 15 Jahre alt war. Während des Zweiten Weltkriegs erhielt er 1943 zusammen mit seinem zwei Jahre älteren Bruder Ludwig den Einberufungsbefehl. Die Brüder mussten in den Krieg ziehen. Das Ziel der Truppeneinheit war Königsberg in Ostpreußen. Kaum war die Truppe bei Königsberg angekommen, gerieten sie in die Angriffsoperation der Roten Armee. Die Jungen hatten zusammen mit einigen Kameraden Deckung hinter einer halb eingefallenen Steinmauer gefunden. Sie wurden beschossen und schossen zurück. Lange konnte die Einheit die Stellung nicht mehr halten. Die Rote Armee kam immer näher und Jupp musste mit ansehen, wie sein Bruder von einer Kugel getroffen auf den Boden sank. Es war ein Bauchschuss, aus dem das Blut hervorquoll.

„Ludwig, Ludwig, was ist? Warte, ich helfe dir!"

Er beugte sich über seinen Bruder, der nur noch leise stöhnte. Jupp legte seine Waffe beiseite und nahm ihn in den Arm. Ein letztes Mal sahen sie sich noch an. Dann schloss Ludwig für immer die Augen.

Die Rote Armee hatte die Stellung erobert, die deutschen Soldaten entwaffnet und gefangen genommen. Es begann ein langer Marsch, der Marsch in die Kriegsgefangenschaft nach Sibirien. Wehmütig drehte sich Jupp noch einmal nach Ludwig um: „Ruhe in Frieden, mein Bruder. Vielleicht sehen wir uns ja bald wieder."

Jupp war ein großer, kräftiger junger Mann. Vermutlich rettete ihm diese Tatsache das Leben, denn auf ihn warteten fünf lange Jahre Gefangenschaft, Kälte, Hunger und Zwangsarbeit. Zu den körperlichen Strapazen kamen die psychischen Belastungen, die ein 15-Jähriger aushalten musste, wenn er morgens erwachte und der Kamerad, der sich abends neben ihm zum Schlafen gelegt hatte, morgens tot war.

Als junger Bursche zog Josef Schmitz in den Krieg. Zum Mann gereift, kehrte er 1948 im Alter von 20 Jahren zurück nach Hause.

Fortan lebten zwei Seelen in seiner Brust. Die eine sah in die Zukunft, ließ ihn Pläne machen, er wollte heiraten und eine Familie gründen. Die andere blickte in die Vergangenheit. Sie ließ ihn das erlebte Grauen sein ganzes Leben lang nicht vergessen. Es war der Alkohol, der ihn wenigstens zeitweise vergessen ließ.

Nach seiner Rückkehr lernte er bald die 15-jährige Luise kennen, sie war die Tochter eines befreundeten Schrotthändlers aus Köln. Die schlanke, dunkelhaarige Luise war immer fröhlich und guter Dinge. Sie verstand es, ihn auf andere Gedanken zu bringen.

„Wo willst du hin, Jupp"?, hörte dieser die Stimme seiner Mutter, als er im Begriff war, die Wohnung zu verlassen. Jupp Schmitz hatte sich sorgfältig angekleidet, rasiert und freute sich auf den gemeinsamen Abend mit Luise, die er von zu Hause mit seinem Fahrrad abholen wollte. Er war ein gutaussehender junger Mann, dunkelhaarig und von schlanker Gestalt. Mutter und Vater saßen noch beim gemeinsamen Abendessen in der Küche. Er gab ihr keine

Antwort, sondern öffnete bereits die Wohnungstüre, als seine besorgte Mutter noch hinter ihm her rief: „Triffst du dich etwa wieder mit dieser Luise? Denk daran Jung, sie ist erst fünfzehn. Rühr sie nicht an – du kommst in die Blech!" (ins Gefängnis)

„Ich weiß, was ich tue", antwortete Jupp während er die Türe hinter sich schloss und sich auf dem Weg zu seiner Freundin machte. Fünf Jahre später heirateten sie. Sie zogen in ein kleines Dorf im Bergischen Land und gründeten eine Familie.

## Heins Kindheit und Jugend - Ende der 60er- bis Ende der 70er-Jahre

Zehn Jahre waren Luise und Jupp Schmitz bereits verheiratet und hatten drei Kinder. Hein war der Jüngste. Er hatte noch zwei ältere

Schwestern. Beate war sechs Jahre älter als er. Sie war ein zierliches und fröhliches Mädchen mit langen, braunen Haaren. Die andere Schwester hieß Renate und war drei Jahre älter als Hein. Sie war ein wortkarges Kind, das von seinen beiden Geschwistern deswegen oft „Muffeline" gerufen wurde.

Vater Jupp und Mutter Luise hatten ein Haus gebaut, das große Grundstück bot ihren Kindern eine unbeschwerte Kindheit und viele Freiheiten zum Spielen und Herumtollen. Sie führten ein „offenes" Haus. Alle Freunde und Schulkameraden ihrer Kinder waren willkommen und wurden mittags auch mit verköstigt.

Jupp Schmitz arbeitete bei einem Automobilhersteller in Köln im Schichtdienst, während seine Frau Luise neben der Hausarbeit und Kindererziehung noch einen kleinen Tante-Emma-Laden betrieb. Frühmorgens fuhr sie außerdem mit ihrem Auto durch das Dorf und belieferte ihre Kunden mit frischer Milch und knusprigen Brötchen. Anschließend stand sie bis mittags in ihrem Laden und verkaufte ihre Waren. In ihrem Lädchen konnte man alles kaufen, angefangen von Nähzeug bis hin zu frischem Obst und Gemüse. Außerdem war der Laden ein „Umschlagplatz" für den neuesten Dorfklatsch.

Der kleine Heini machte seiner Mutter viel Freude. Er war ein stets gut gelauntes Kind. Außerdem aß er alles, was sie auf den Tisch brachte, denn Hein aß für sein Leben gern. Das sah man ihm auch an. Er war ein stämmiges, kleines Bürschchen.

Als er vier Jahre alt war, ereignete sich ein Schauspiel, das Mutter Luise im Gedächtnis bleiben sollte. Hein setzte sein liebstes Sonntagsgesicht auf und fragte: „Mama, krieg ich Schokolade?"

Luise stand in der Küche und schälte Kartoffeln. „Nein, wir essen gleich. Du verdirbst dir den Appetit", antwortete sie.

„Bitte Mama. Nur ein kleines Stückchen", bettelte er.

Sie drehte sich zu ihm um und machte ein strenges Gesicht. „Nein, Hein. Es gibt jetzt keine Schokolade." Dann wandte sie sich wieder ihrer Arbeit zu.

„Mama, bitte, bitte." Mutter Luise reagierte nicht mehr auf die Betteleien ihres Jüngsten und schälte weiter Kartoffeln.

Der Kleine merkte, dass die Mama sich nicht mehr erweichen lassen würde. Er schob seine Unterlippe vor und stampfte mit dem rechten Fuß auf den Boden. „So, dann mach ich eben in die Butz!", war seine trotzige Reaktion. Er kniff die Augen zusammen und hielt die Luft an. Sein Gesicht lief langsam purpurrot an. Dann drückte er ganz fest, so fest er konnte. Endlich war es geschafft. Das kleine Gesicht entspannte sich und das Ergebnis seiner Anstrengungen lief an seinen kleinen Beinchen herunter. Die Hose war voll. Triumphierend sah er seine Mutter an, die mit offenem Mund auf ihn herab sah und nicht glauben konnte, was da eben passiert war.

Sie ließ die Kartoffel und das Schälmesser fallen, schnappte sich ihren Sohn und gab ihm einen Klaps auf den Po. Schimpfend zog sie ihn am Arm hinter sich her ins Bad, um ihn zu waschen. Beate, die älteste Tochter, stand in der Türe. „Puh, der stinkt", stellte sie fest. „Hat Heini in die Butz gemacht?"

„Er hat", war die Antwort.

Breitbeinig stapfte der kleine Trotzkopf an seiner Schwester vorbei. Nicht ohne ihr dabei heimlich die Zunge herauszustrecken.

\*

Der junge Familienvater Jupp Schmitz brauchte viel Freiraum. Dann ging er in seine Stammkneipe. Aber es war nicht so, dass er für seine Lieben nicht sorgte. Ganz im Gegenteil, er sorgte gut für sie. Sie waren finanziell abgesichert. Aber er ging leidenschaftlich gerne „Geschäfte machen". Man sagt dem Kölner nun einmal nach, dass er gerne „maggelt", also Geschäfte unter der Hand macht. Dabei handelt es sich natürlich nur um ein unbestätigtes Gerücht, das auf Jupp allerdings perfekt zutraf.

Und dass die besten Geschäfte an der Theke gemacht wurden, war unbestritten.

Jupp brach auch an diesem Tag nach dem Mittagessen auf, um seiner Stammkneipe einen Besuch abzustatten. Er holte den neuen Anzug und ein frisch gebügeltes Oberhemd mit passender Krawatte aus dem Schrank und kleidete sich sorgfältig an. Dann ging er zur Garage und setzte sich voller Stolz in seinen neuen Wagen. Es war ein türkisfarbener Mustang mit dunkeltürkisfarbenem Dach. Jupp ließ den Motor kurz aufheulen und war weg.

Mutter Luise hatte sein Treiben vom Fenster aus beobachtet. „Das richtige Auto für eine fünfköpfige Familie", dachte sie. „Gut, dass ich meinen Kombi habe. Und dann diese auffallende Farbe – als wenn wir hier im Dorf nicht schon für genug Gesprächsstoff sorgen würden." Die Familie Schmitz lebte in einem kleinen, konservativen Dorf und dieses Auto war in den 70er-Jahren für die Dorfbewohner natürlich der „Hingucker". Luise schüttelte mit dem Kopf und machte sich auf den Weg in ihren Laden. Die Abrechnung musste noch gemacht werden.

Am späten Abend kam Jupp mit leichtem Schiefgang, die unvermeidliche Zigarettenspitze im Mund, wieder nach Hause und trug einen Karton Fliesen unter dem Arm. Diesen brachte er sofort in den Keller, um ihn zu den drei anderen Kartons zu stellen.

Neugierig geworden schlich Luise hinter ihm her und beobachtete sein Treiben. „Wat biste da am maache, Jupp?", fragte sie ihn schließlich.

„Luurens Luise, hät mer jemaggelt. Im Karton sind Platten."

„Und was willst du damit?"

„Mer plätte der Keller damit." Schon war er wieder auf dem Weg nach oben.

Luise war eine kleine, schlanke Frau, die sich sportlich zweckmäßig kleidete. Ihre dunklen Haare trug sie zu einer pflegeleichten Kurzhaarfrisur. Nachdenklich stand sie vor den vier Kartons. Vorsichtig riss sie den soeben gebrachten ein wenig auf, um sich die neuen Platten anzusehen. Sie waren dunkelgrün und hatten eine längliche Form. In jedem der übrigen Kartons waren Platten in anderen Farben und Formen, das wusste sie bereits. „Das wird aber ein kunterbunter Keller", dachte sie bei sich. „Der bringt das glatt fertig und plättet den ganzen Keller damit."

Luise kannte ihren Mann und wusste, dass es nichts nutzen würde, dagegen zu protestieren. Also entschloss sie sich zu einer List: Jedes Mal, wenn er einen neuen Karton mit nach Hause bringen würde, wollte sie einen wegschmeißen. Den ersten hatte sie schon unter dem Arm und war damit auf dem Weg zur Mülltonne.

Seufzend setzte sie sich wieder vor den Fernseher. „Mit dem mach ich was mit", dachte sie bei sich, als sie sich wieder ihrer Handarbeit zuwandte. Der Keller wurde später übrigens mit einheitlichen Fliesen geplättet.

## Ein Dorf sieht Rot

Es war ein heißer Sommertag. Die Menschen schwitzten seit Tagen unter der glühenden Sommerhitze. Luise stand im Garten und spritzte ihre Kinder mit einem kalten Wasserschlauch ab, um ihnen ein wenig Abkühlung zu verschaffen.

„Eine Abkühlung könnte ich jetzt auch gebrauchen", dachte Luise. Aber die Zeit, um mit den Kindern in ein öffentliches Schwimmbad zu fahren, hatte sie nicht. Sie musste noch ins Geschäft. Neue Ware war geliefert worden, die ausgezeichnet und eingeräumt werden musste. „Wir brauchen einen eigenen Pool", dachte sie. „Keinen, den man in die Erde einlassen muss, sondern ein großes Becken, das auf der Wiese steht und das man mit einer kleinen Leiter erklimmen kann. Dann kann auch keines der Kinder ins Wasser fallen und ertrinken." Die Vorstellung, ein eigenes Schwimmbad im Garten zu haben, gefiel ihr. Gleich heute Abend würde sie mit Jupp darüber sprechen.

Und so geschah es auch. „Hab nichts dagegen, Frau", sagte Jupp. „Ich ziehe mich jetzt an und gehe ‚Geschäfte machen'. Alleine schaffen wir das nicht. Wir brauchen Hilfe."

Nun nahm Jupp die Sache in die Hand. Die Aktion „Wir bauen ein Schwimmbad" lief an. Sämtliche Kneipenkumpel wurden aktiviert, um mitzuhelfen. Und sie kamen gerne, denn für genug Biervorräte war gesorgt.

Es dauerte nicht lange und ein zehn mal fünf Meter großes Becken mit einer Tiefe von 1,20 Meter stand im Garten und wartete darauf, eingeweiht zu werden. Alle standen staunend darum herum. Aber etwas Entscheidendes fehlte noch: Im Becken befand sich noch kein Tropfen Wasser.

„Wie viel Wasser werden wir einfüllen müssen, Jupp?", fragte Luise mit sorgenvollem Gesicht ihren Mann.

„Da passen gut 54.000 Liter rein. Das wird eine teure Angelegenheit", antwortete Jupp. „Aber das kriegen wir schon hin. Lass mich mal machen. Der Schorsch hat heute Abend Stammtisch. Da sehe ich ihn, und spätestens nächste Woche können wir schwimmen!"

Jupp ließ am Stammtisch seine Kontakte spielen. Das Ergebnis teilte er seiner Frau einige Tage später mit: „Luise, am Samstag wird die Freiwillige Feuerwehr auf unserem Grundstück eine Übung durchführen. Wir müssen ein paar Kisten Kölsch im Hause haben", rief er ihr noch zu, bevor er sich zur Frühschicht aufmachte.

„Was, hier bei uns? Wie soll das denn gehen?"

Sie bekam keine Antwort mehr. Jupp stieg ins Auto und fuhr zur Arbeit.

„Wie hat er sich das denn vorgestellt? Die Feuerwehr, hier bei uns? Die Straße ist doch viel zu eng. Wo sollen die denn parken? Wenn die hier vor dem Haus stehen, kommt doch kein Anwohner mehr mit seinem Auto daran vorbei." Luise wurde wütend auf ihren Mann. Die Wut stieg langsam in ihr hoch. „Gehe jetzt lieber in deinen Laden", versuchte sie sich zu beruhigen, „da kannst du dich abreagieren."

Die Feuerwehrleute waren pünktlich zur Stelle, an besagtem Samstag um zehn Uhr. Sie kamen mit drei Wagen: einem Schlauchwagen, einem Spritzwagen und einem Mannschaftswagen. Die roten Feuerwehrautos waren frisch poliert und leuchteten in der Morgensonne. Sie hielten hintereinander vor dem Haus und waren eine Augenweide für jeden Zuschauer – und Zuschauer hatten sie viele. Die Nachbarn ließen sich das Schauspiel nicht entgehen. Nachdem sie sich überzeugt hatten, dass kein Brand ausgebrochen war, standen sie vor ihren Türen und sahen zu, was ihnen da bei Schmitzens geboten wurde.

Die Männer wussten, was zu tun war. Das eine Ende des Wasserschlauchs schlossen sie fachmännisch am Hydranten an, während das andere Ende mit einem C-Rohr ins Schwimmbecken gehalten wurde. Dann ertönte laut der Befehl durch den Schorsch: „Wasser marsch!"

Das Becken lief langsam voll, allerdings mit dem Ergebnis, dass ein Unterdruck erzeugt wurde und sämtliche Anwohner der Straße kein Wasser mehr hatten. Das war jedoch nicht weiter schlimm, denn die meisten standen sowieso vor ihrer Türe und sahen zu.

Als so ca. 40.000 Liter im Becken waren, stand plötzlich die alte Frau Dietz von gegenüber vor ihrer Türe. Auf dem Kopf trug sie eine Duschhaube und um ihren Körper hatte sie einen weißen Bademantel gewickelt. „Ihr Idioten, was macht ihr da? Ich will duschen und hab kein Wasser!", schrie sie, so laut sie konnte, um sämtliche Nebengeräusche zu übertönen.

Die Übung wurde sofort abgebrochen und der alte Zustand am Hydranten wiederhergestellt.

Jupp übergab dem Schorsch den Biervorrat und die Männer verstauten ihn im Mannschaftswagen. Für einen gemeinsamen Umtrunk war keine Zeit mehr, denn der Verkehr staute sich schon bedenklich. Die Straße musste geräumt werden.

Die Freiwillige Feuerwehr zog ab und die Übung war beendet. Schmitzens Jupp hatte erfolgreich „jemaggelt".

## Einige Jahre später

Als der 16-jährige Hein eines Nachmittags von der Schule nach Hause kam, stand sein Papa in einer gerippten weißen Unterhose, die bis zu den Knien reichte, und mit seinem gerippten weißen Unterhemd bekleidet vor der Haustüre und unterhielt sich mit seiner Tochter Beate. Seine Zigarettenspitze, in der eine brennende Zigarette steckte, hielt er in der einen Hand, in der anderen eine geöffnete Flasche Bier. Hein wunderte sich nicht mehr über das gewagte Outfit seines Vaters in der Öffentlichkeit. Er kannte es nicht anders. Allen Nachbarn, die vorbeikamen, winkte Jupp freundlich zu. Auch diese schienen sich nicht mehr zu wundern.

„Papa, der Gausens Rudi und der Willi kommen heute Abend vorbei. Wir wollen eine Runde Skat mit dir spielen. Hast du Lust dazu?", wandte er sich fragend an seinen Vater, während er sein Moped abstellte.

„Habt ihr denn genug Geld? Wir spielen nicht um Knöpfe", antwortete Jupp.

„Mach dir da mal keine Gedanken. Im Gegenteil: Wir wollen unser Taschengeld etwas aufbessern."

Jupp war einverstanden und am Abend war es dann so weit. Als die Freunde das Wohnzimmer betraten, saß Jupp schon auf seinem Platz, immer noch in seiner Unterwäsche. Die Karten lagen bereits auf dem Tisch. Daneben lag allerdings auch noch etwas anderes, was Rudi sogleich bemerkte: „Du, guck mal da, was da liegt." Rudi stieß seinem Kumpel Hein unmerklich in die Rippen, während er sich auf seinen Stuhl setzte.

„Was meinst du?" Hein sah sich fragend um.

„Ja, da auf dem Tisch, neben deinem Papa."
Rudis Stimme klang flüsternd. Er zeigte auf das
auf dem Wohnzimmertisch liegende Gebiss.

„Dat sin sing Zäng", antwortete Hein in normaler
Lautstärke. „Der hat die immer da liegen, wenn
er zu Hause ist." Für Hein war das nichts
Ungewöhnliches. Er zuckte mit den Schultern
und fragte: „Wer gibt?"

Willi setzte zuerst aus. Die Freunde hatten an
diesem Abend Glück im Spiel, meinte es gut mit
ihnen. In der Mitte auf dem Tisch lag eine Menge
Kleingeld. Jupp sah seine Felle
davonschwimmen. Sein Blatt war nicht
vielversprechend. „Die machen mich nass",
dachte er. Die letzte Runde begann. Hein reizte
mit seinem Vater: „18, 20, weg." Jupp erwiderte:
„Zwei, Vier, Sieben, 30, 33, 36." Jupp reizte
seine Karten aus, obwohl sein Gegenüber
bereits bei 30 überreizt war. Sofort nahm Jupp
den Stock auf. Das Glänzen in seinen Augen
verriet, dass er vielversprechende Karten
aufgenommen hatte. Aber er hatte nicht mit den
guten Karten der anderen Mitspieler gerechnet.
Er legte zwei Karten zurück in den Stock und

benannte sein Spiel. Er wollte unbedingt Kreuz spielen, ohne Zweien, Spiel drei.

Da die Karten aber gut verteilt waren und die Bauern bei einem der Mitspieler lagen, erwiderte dieser sofort ein Kontra. Jupp ahnte nichts Gutes. Jetzt ging es für ihn nur noch darum, das Gesicht nicht zu verlieren. Er erwiderte sofort mit einem Re, überlegte kurz, zog an seiner Zigarette und nahm einen tiefen Schluck aus der Bierflasche. Sein Gesicht drückte Entschlossenheit aus, dann griff er nach einem auf dem Tisch liegenden Gegenstand. „Und ming Zäng", hörten die verdutzten Freunde ihn noch sagen, als er sein Gebiss ganz oben auf den Kleingeldhaufen legte. Leicht geöffnet thronte es regelrecht auf den Münzen.

Und so kam es dann, dass Jupp seine Zähne verspielt hatte, denn er hatte verloren. Großzügiger weise überließen die Jungs ihm jedoch sein Kauwerkzeug, bevor sie sich lachend ins Kino aufmachten. Geld dafür hatten sie ja jetzt.

*

Als Hein 30 Jahre alt war, starb sein Vater an Krebs. Er hatte Speiseröhrenkrebs. Die Ärzte meinten, dass sein Kettenrauchen und der viele Alkoholkonsum die Krankheit ausgelöst hätten. Jupp Schmitz war kein einfacher Mensch, aber seine Familie liebte ihn. Von den Dorfbewohnern wurde er geschätzt. Als er beerdigt wurde, gab ihm das halbe Dorf das letzte Geleit. Sogar heute noch, 20 Jahre nach seinem Tod, reden diejenigen, die ihn gekannt haben, mit großem Respekt von ihm.

Am offenen Grab nahm der Sohn mit Tränen in den Augen Abschied von seinem Vater: „Weißt du noch, Papa, damals im Juli, als ich gerade 22 Jahre alt geworden war und du zu mir sagtest: ‚Jung, fahr mich ens mit dingem Motorrad in die Kneipe.' Du hattest deinen neuen weißen Anzug an und die Zigarettenspitze im Mund. So hast du auf dem Sozius gesessen. Natürlich ohne Helm. Als ich mich umdrehte, sah ich, dass dein Jackett im Fahrtwind flatterte. Du hieltest die Augen geschlossen und lächeltest. Du sahst so glücklich aus. Ich werde dich nie vergessen. Du fehlst mir."

# 4. Kapitel

## Nora und Hein

Seit einem halben Jahr waren sie nun ein Paar.
Die besonnene, gut strukturierte Nora aus dem
Ruhrgebiet und der etwas chaotische, immer gut
gelaunte Hein aus dem Rheinland, der die
Leichtigkeit zurück in ihr Leben brachte. Obwohl
sie vom Charakter gegensätzlicher nicht sein
konnten, ergänzten sie sich auf wunderbare
Weise. Auch bei der körperlichen Liebe, sie war
erfüllend und voller Gefühl.

Hein war gerade frisch geschieden und hatte
zwei Mädchen im Alter von 14 und 18 Jahren.
Franziska, die Jüngere, war die Sensiblere und
steckte gerade mitten in der Pubertät. Sie litt
sehr unter der Trennung der Eltern. Katrin, die

Ältere, litt nicht weniger, aber sie war die Stärkere und konnte besser damit umgehen. Außerdem war sie abgelenkt, denn sie hatte gerade ihre große Liebe, den gleichaltrigen Marc, kennengelernt. Beide Mädchen waren blond und bildhübsch.

Nora stellte Hein auch ihrer Tochter Hannah vor, diese aber reagierte sehr zurückhaltend auf ihn, wenn nicht sogar ein wenig feindselig. Aber vielleicht lag es auch daran, dass sie genug mit sich selbst zu tun hatte. Ihre Ehe war nicht sehr glücklich, das wusste Nora zu diesem Zeitpunkt allerdings noch nicht. Mutter Gloria aber freute sich mit Nora, jedenfalls sagte sie es.

Die Rommé-Frauen allerdings reagierten uneingeschränkt herzlich, sie nahmen Hein sofort in ihre Mitte und gaben ihm das Gefühl, dazuzugehören. Hein ließ sich sogar dazu überreden, dem Club beizutreten und mitzuspielen.

Nora war glücklich mit Hein, aber die Vergangenheit war immer noch präsent.

„Schatz", sagte Hein eines Morgens zu Nora, „du stöhnst manchmal im Schlaf und wälzt dich dann im Bett hin und her."

„Oh", Nora erschrak. „Wie oft denn?"

„So zwei Mal in der Woche. Ab und zu redest du auch im Schlaf."

„Was erzähle ich denn?", fragte sie.

„Das kann ich nicht verstehen. Du redest wohl klar und verständlich, aber es ist in einer Sprache, die ich nicht kenne. Es hört sich irgendwie osteuropäisch an."

Nora geriet ins Grübeln. Sie konnte außer Englisch keine andere Fremdsprache sprechen.

„Das sind bestimmt noch die Nachwirkungen aus der Zeit mit Lutz", antwortete sie dann. „Sechs Jahre ist es schon her und ich habe das wohl immer noch nicht ganz überstanden. Stört es dich?"

„Nein, natürlich nicht." Er nahm sie tröstend in den Arm. „Ich werde dir helfen, das Erlebte zu vergessen. Warte ab. Jetzt muss ich aber los."

An der Wohnungstüre drehte er sich noch einmal um. „Ich liebe dich, Schatz", sagte er.

„Ich liebe dich auch", antwortete sie.

Zweifelnd sah er sie an: „Du glaubst mir immer noch nicht, dass ich dich liebe. Ich werde es dir beweisen." Dann fiel die Türe ins Schloss.

„In gewisser Weise hat er ja recht", dachte Nora, als sie allein war. „Es wird noch einige Zeit dauern, bis ich einem Mann wieder ganz vertrauen kann." Dann sagte sie zu sich selbst: „Im Grunde genommen lässt du ihn für das büßen, was ein anderer dir angetan hat." Aber sie konnte nichts dagegen tun.

Hein war zur Arbeit gefahren. Er arbeitete für ein Ingenieurbüro in Duisburg. Sie selbst hatte vor einem Jahr ihre Berufstätigkeit aufgegeben und das Angebot ihres Arbeitgebers angenommen, in den vorläufigen Ruhestand zu gehen. Bis dahin war sie 25 Jahre bei ihm tätig gewesen. „Sozialverträglichen Personalabbau" nannten sie es. Egal, wie sie es nannten, Nora genoss es, jetzt mehr Zeit für sich zu haben. Für sich und für ihre Mutter, um die sie sich fortan kümmern konnte.

Gloria war jetzt Mitte 70. Sie hatte die Beziehung zu ihrem Freund Reinhard nach 24 Jahren beendet. Nachdem er sich endlich von seiner Frau getrennt hatte, wollte sie ihn nicht mehr und zog einen Schlussstrich. Das war sehr mutig von ihr und Nora bewunderte sie dafür.

Nora ging ins Bad und sah in den Spiegel. „Du siehst nicht aus wie 50, du siehst aus wie Anfang 40, hast kaum Falten im Gesicht und bist gertenschlank. Du hast dich wirklich gut gehalten", sagte sie zu sich selbst. „Jetzt musst du aber zusehen, dass der Ist-Zustand in den folgenden Jahren so bleibt. Schließlich hast du einen jüngeren Mann an deiner Seite. Also lass dich nicht gehen!" Sogleich setzte sie sich auf ihr Fitnessgerät.

Ihr Training wurde unterbrochen, als das Telefon läutete. Hannah war am Apparat. „Mama, hast du heute Nachmittag Zeit? Ich muss dringend mit dir reden."

„Klar hab ich Zeit. Komm vorbei", antwortete sie.

Als Hannah die Wohnung betrat, wusste Nora sofort, dass irgendetwas mit ihr nicht stimmte. Nora sah es ihr an. Sie sagte aber nichts und ließ ihre Tochter zuerst reden.

„Mama, ich hab mich verliebt. In einen Mann, der auch verheiratet ist. Ich brauche dich am Wochenende als Alibi. Tust du mir den Gefallen?"

„Ja, mache ich", antwortete Nora. „Mütter müssen so etwas wohl für ihre Kinder tun", dachte sie. „Jetzt erzähl mal. Wer ist es? Kenne ich ihn?"

Hannah erzählte, dass er ja sooooo süß sei, der neue Mann. Beamter und zehn Jahre älter als sie. Weiter berichtete sie, dass er drei Kinder habe, die aber schon älter seien. „Mama, guck mal. Hier im Internet ist ein Bild von ihm. Er ist nämlich Jugend-Fußballtrainer. Der Verein hat ein Foto von ihm ins Netz gestellt. Wie findest du ihn?" Sie redete ohne Punkt und Komma. Nora schwirrten schon die Ohren.

Nora sah zuerst auf sein Geburtsdatum und rechnete im Geiste nach. Ihr eventueller Schwiegersohn in spe war einen Monat älter als ihr Hein. Na klasse ... Dann sah sie sich das Foto an. Es zeigte einen sympathischen, sportlichen Mann mit kurz geschnittenen, dunklen Haaren, der freundlich in die Kamera lächelte. „Ja, der ist wirklich ganz sympathisch", sagte sie dann.

„Ganz sympathisch? Ich finde der sieht äußerst attraktiv aus", fügte Hannah schmollend hinzu.

Hannah zog ihr Ding durch. Innerhalb von ein paar Wochen waren die Fronten geklärt. Max war aus dem gemeinsamen Haus ausgezogen. Er hatte, welch glückliche Fügung, eine andere Frau kennengelernt und machte keine Probleme. Ihr neuer Freund Paul war bereits ins Haus eingezogen und die Scheidung war eingereicht. Da ihre Ehe kinderlos geblieben war, gab es auch keine Streitereien um den Nachwuchs.

„Schade", dachte Nora. Sie mochte Max. Er war ein lieber, hilfsbereiter, junger Mann. „Schwiegermütter werden zwangsgetrennt", überlegte sie schmunzelnd.

Hein und Nora lernten das frisch verliebte Paar schließlich auf Noras Geburtstagsfeier kennen. „Die beiden passen gut zusammen", dachte die stets besorgte, aber nun etwas beruhigte Mutter. „Paul ist ein gestandener, reifer Mann. Hannah hat frischen Wind in sein Leben gebracht und er dankt es ihr mit seiner Liebe."

\*

Weihnachten und Silvester waren ins Land

gezogen. Anfang Januar stand der zweite Jahrestag von Nora und Hein bevor. Sie hatten einen romantischen Abend bei einem Candle-Light-Dinner in einem erstklassigen Restaurant verbracht und waren nun wieder auf dem Weg in ihre Wohnung. Plötzlich aber war Hein verschwunden. Nora schloss die Wohnungstüre auf und fragte sich, wo er blieb. Sie ließ die Türe einen Spalt offen und betrat das Wohnzimmer. Durch ein Geräusch aufmerksam geworden, drehte sie sich um und traute ihren Augen nicht. Da stand er vor ihr und hatte einen dicken Strauß dunkelroter Rosen in der Hand. „Wo hast du den denn so plötzlich her bekommen?" Nora strahlte, als sie die Rosen sah, die durch eine geschickte Floristin phantasievoll gebunden waren.

„Es sollte eine Überraschung werden. Die ist mir wohl auch gelungen", antwortete er ihr lachend. Dann nahm er sie in den Arm und sah ihr tief in die Augen: „Die sind für dich, mein Engel. Ich liebe dich über alles. Willst du meine Frau werden?"

Jetzt war es heraus. Nora hatte sich vor diesem

Tag gefürchtet und gebetet, er möge ihr diese Frage noch nicht so schnell stellen. Sie liebte ihn auch. Aber sie konnte noch nicht seine Frau werden. Sie war noch nicht so weit. Noch schleppte sie zu viel Ballast aus der Vergangenheit mit sich herum.

Er bemerkte ihr Zögern und deutete es richtig.

„Du brauchst mir jetzt noch nicht zu antworten. In einem Jahr werde ich dir diese Frage noch einmal stellen, und wenn du sie mir dann immer noch nicht beantworten kannst, dann warte ich eben noch ein Jahr. Ich warte, solange es eben nötig ist. So sehr liebe ich dich."

Nora war überwältigt. Sie küsste ihn leidenschaftlich und er erwiderte ihre Küsse.

„Bist du müde", flüsterte er ihr ins Ohr"? Nora unterdrückte ein gespieltes Gähnen wobei sie ihn schelmische ansah.

„Jaaa", antwortete sie.

„Zu müde?" Er sah sie zärtlich an.

„Finde es heraus", konnte sie noch hauchen, bevor sie beide aufs Bett sanken.

„Er liebt mich wirklich", war ihr letzter Gedanke, bevor sie mit einem Lächeln im Gesicht einschlief.

*

Hein war ein gutmütiger Mensch, der seiner Nora keinen Wunsch abschlagen konnte. Er hielt auch brav still, als sie ihm an einem Sonntagnachmittag mit einigen Wachsstreifen die Körperhaare auf dem Rücken entfernte. Eine äußerst schmerzhafte Angelegenheit, doch Hein verzog keine Miene. Nora bekam jedoch mit, wie er ab und zu hörbar die Luft anhielt und wieder ausstieß. Der Rücken war am Ende der Prozedur knallrot und sie ölte ihn vorsichtig ein.

„Schatz, das machen wir aber so schnell nicht wieder?", war sein einziger Kommentar.

„In ein paar Wochen werden die Haare nachgewachsen sein. Dann müssen wir das leider wiederholen", antwortete sie ihm mit einem Augenzwinkern.

Allerdings sträubte er sich erfolgreich dagegen, mit Nora einkaufen zu gehen. Das nämlich war für Hein der pure Horror. Einmal konnte sie ihn jedoch überreden, mit ihr einen

Lebensmittelmarkt zu betreten. Der Wocheneinkauf musste erledigt werden und sie brauchte einen starken Mann zum Tragen.

„Ich schiebe den Wagen und du räumst ein, Nora." Das war die Aufgabenverteilung.

Hatte Nora noch zu Beginn des Einkaufs gehofft, in ihm eine Hilfe bei der Auswahl der Lebensmittel zu haben, wurde sie enttäuscht.

„Worauf hast du denn Hunger? Was soll ich denn einpacken?", fragte sie ihn.

„Ist egal. Weiß nicht. Pack irgendwas ein. Mann, ist das voll hier. Wo kommen denn die ganzen Leute her?", war seine Standardantwort.

„Ja, dann guck doch mal richtig", versuchte sie ihn zu animieren.

Um ihr einen Gefallen zu tun – oder aber auch, um Ruhe vor ihr zu haben –, suchten seine Augen in Sekundenschnelle die Regale ab. Dann zuckte er mit den Schultern. „Hab nichts gesehen", war die Antwort. Sein Gesicht sprach Bände. Er wurde langsam sauer. Also nahm Nora die Sache selber in die Hand und packte ein. Das schien ihm besser zu gefallen, denn er blühte richtig auf.

„Wofür brauchen wir das denn?" Hein zeigte Interesse an ihrer Auswahl. Er verstand einfach nicht, dass sie für die Speisenzubereitung auch die passenden Gewürze kaufen musste. Also fing sie an, mit ihm darüber zu diskutieren. Da standen sie beispielsweise beide mitten im Lebensmittelmarkt vor dem Regal mit der Sojasoße:

„Wofür brauchst du das?", fragte Hein.

„Zum Würzen", war die Antwort.

„Was würzt du denn damit?" Hein ließ nicht locker.

„Hähnchenfleisch."

„Wieso?"

Einige Kunden waren schon aufmerksam geworden und amüsiert stehen geblieben, um ihnen zuzuhören. Nora sah seinen Augen an, dass es ihm Spaß machte, den Leuten ein Schauspiel zu bieten.

„Schmeckt dir, was ich koche?", fragte sie nun.

„Ja, das ist sehr lecker."

„Dann frag nicht weiter. Ich brauche das eben." Sie packte die Sojasoße zu den anderen Lebensmitteln in den Korb und nahm sich vor, künftig wieder alleine einkaufen zu gehen. „Komm, wir gehen zur Kasse", forderte sie ihn schmunzelnd auf.


## Nora zieht ins Rheinland


Nora packte nun noch einmal ihre Umzugskartons. Sehr überraschend war das Angebot von Heins Mutter Luise gekommen, zu ihr in das Zweifamilienhaus im Rheinland zu ziehen. „Wir ziehen da nur hin, wenn du es wirklich willst", hatte Hein ihr immer wieder gesagt.

Eines Sonntags hatten sie sich die frei gewordene Wohnung, die über zwei Etagen ging, angesehen. Sie war renovierungsbedürftig, aber sehr geräumig. Als Nora das große Grundstück sah, war die Entscheidung für sie schon fast gefallen. Hier konnte sie im Frühjahr und Sommer nach Herzenslust „buddeln" und pflanzen. Außerdem war es das ideale Revier für ihren temperamentvollen Kater Sam, da das Dorf von viel Waldbestand und Feldern umgeben war.

Ein wahres Katzenparadies.

Ihre treue Freundin Birte hatte ihr geholfen, die endgültige Endscheidung zu treffen. „Du hast einen Mann gefunden, der dich nicht nur liebt, er vergöttert dich, wie ich bei meinem letzten Besuch bei euch feststellen konnte. Eure gemeinsame Zukunft steht im Vordergrund und über allem anderen. Vergiss nicht, dein Zuhause ist da, wo dein Mann ist." Birte hatte recht.

Ein weiteres Argument für einen Ortswechsel war Lutz Kowalski. Nora fragte sich: „Ist der neue Wohnort weit genug entfernt, dass er mich nicht mehr finden kann?" Sie hatte immer noch Angst vor ihm. Die Panikattacken waren nicht mehr so stark und überkamen sie nur noch gelegentlich, aber sie litt noch darunter. So kam sie zu dem Schluss: „Zumindest ist die Suche nach mir erschwert, wenn ich ins Rheinland ziehe."

Was ihr allerdings großes Kopfzerbrechen bereitete, war die Reaktion ihrer Mutter und ihrer Tochter auf die Umzugspläne. „Das wird noch ein schweres Stück Arbeit", dachte sie, und so war es auch.

Hannah brach in Tränen aus, als sie hörte,

welche Pläne ihre Mutter hatte. „Aber Hannah, das Bergische Land ist doch nur eine Autostunde von hier entfernt", beruhigte Nora sie, „ihr könnt uns doch jederzeit besuchen kommen. Wir wohnen hier nur fünf Minuten voneinander entfernt und sehen uns doch auch nicht oft."

„Wenn ich dich brauche, bist du aber in der Nähe, Mama", hatte Hannah weinend erwidert. Nora nahm ihre Tochter tröstend in die Arme und schwieg. Diesem Argument hatte sie nichts entgegenzusetzen.

Doch sie blieb bei ihrem Entschluss. Hannah war nicht alleine, sie hatte eine neue Liebe gefunden, außerdem war sie Anfang 30. Sie war erwachsen. Hat nicht auch eine Mutter ein Recht auf ein eigenes Leben und Liebesglück? War sie wirklich zu egoistisch? Mit einem ungutem Gefühl zog sie in ihr neues Zuhause ein.

*

Gloria, Hannah und Paul besuchten sie anfangs noch im Rheinland, doch ihre Besuche wurden nach einem halben Jahr immer seltener. Wenn sie kamen, trafen Nora die vorwurfsvollen Blicke von Mutter und Tochter, die in ihr ein ständig schlechtes Gewissen erzeugten. Hannah beteiligte sich zwar an der allgemeinen Unterhaltung, ihre Antworten waren jedoch patzig und der Ton ihrer Stimme ironisch und respektlos, vor allem ihrer Mutter gegenüber. So kannte Nora ihre Tochter nicht. Hannah war eigentlich stets gut gelaunt und steckte ihre Mitmenschen mit ihrer fröhlichen Art an.

Nach einem Jahr blieben die Besuche ganz aus, ein paar Monate später auch der Kontakt per E-Mail. Schweren Herzens akzeptierte Nora diese Entscheidung

Im Grunde genommen fühlte Nora sich von ihrer Familie im Stich gelassen. In der ersten Zeit litt sie oft unter Heimweh und fühlte sich wie eine Fremde. Voller Wehmut dachte sie dann an ihr „altes" Zuhause. Heins Mutter Luise machte ihr das Leben durch ihr reserviertes Auftreten auch nicht gerade leicht. „Wie glücklich muss ein Mensch sein, der eine Familie hat", dachte Nora dann, „eine Familie, bei der er sich aussprechen kann, ohne gleich die schlauen Sätze hören zu müssen: ‚Das hätten wir dir vorher sagen können. Aber du wolltest es ja nicht hören.'"

Aber Nora biss sich durch. Zum Glück hielten ihre „alten" Freundinnen aus dem Ruhrpott nach wie vor zu ihr. Sie telefonierten viel und besuchten sich auch gegenseitig regelmäßig. Außerdem stand ihr Hein stets bei. Immer wenn er sie in den Arm nahm und liebevoll tröstete, wusste sie wieder, dass die Entscheidung, mit ihm in das Rheinland zu gehen, richtig war.


## Kölsch für Anfänger


Luise bekochte ihre neuen Mitbewohner während der Zeit der Renovierungsarbeiten. Sie war Mitte 70, aber immer noch beruflich aktiv. Morgens belieferte sie – wie schon seit 40 Jahren – ihre Kunden in den umliegenden Dörfern mit frischen Brötchen und frischer Milch. Anschließend stand sie in ihrem kleinen Laden und verkaufte Lebensmittel und Kurzwaren. Sie war eine kleine, schlanke Frau, die immer noch ihre praktische Kurzhaarfrisur trug. Zudem war sie äußerst sparsam und schnitt sich ihre Haare selbst. „Die sind so dünn geworden mit den Jahren, und die Friseure berechnen mir trotzdem den vollen Preis für das Haareschneiden." Das sah Luise nicht ein.

Da sie eine geborene Kölnerin war, machte sie es sich zur Aufgabe, Nora in die hiesigen Gepflogenheiten einzuweisen. Das Lebensmotto der Menschen im Rheinland lautet: Et is, wie et is (es ist, wie es ist), et kütt, wie et kütt (es kommt, wie es kommt) und et is noch immer joot jejange (und es ist noch immer gut gegangen). Das war die erste Lektion, die Nora lernen musste. „Eine gesunde Einstellung", fand Nora, „sie spiegelt die Gelassenheit der Menschen in allen Lebenslagen wider und schont das Nervenkostüm."

Dann wurde sie auf den ersten gemeinsamen Besuch im örtlichen Biergarten vorbereitet: „Wenn du Appetit auf ein halbes Hähnchen hast und auf der Speisekarte steht ‚Halver Hahn', bloß nicht bestellen!", warnte Luise. „Denn sonst bekommst du ein Roggenbrötchen mit Käse serviert." Weiter erklärte sie: „‚Hämmsche' ist eine Schweinshaxe und ‚Sprüütsche‘ sind Rosenkohl.“

Gott sei Dank haben die Kölner Mitleid mit den Touris, denn auf jeder Speisekarte steht unter der heimischen Gerichtsbezeichnung die für jedermann verständliche Übersetzung.

Überhaupt verniedlicht der Mensch im Kölner Raum gerne seine Sprache: Ein Buch zum Beispiel ist ein „Büschelschen“ und ein Groschen – diese Wortwahl wird gerne noch bei älteren Menschen verwendet – ist ein „Gröschelschen“.

Mit diesem Wissen gewappnet konnte nichts mehr schiefgehen und der erste Besuch im Biergarten wurde für Nora nicht zum R(h)einfall.

Dann folgte die nächste Lektion: Luise kramte in ihrer umfangreichen Platten- und CD-Sammlung und spielte ihr die Musik der großen Kölner Musik-Gruppen vor. Voller Stolz präsentierte sie die „Höhner“, „Bläck Fööss“, „Brings“, „Paveier“, „Räuber“, „Colör“ usw. Da viele der Lieder auch überregional bekannt sind, kannte Nora die Texte bereits und konnte zum Erstaunen von Luise viele Passagen sogar mitsingen. Diese Musik riss die Menschen von den Stühlen und brachte ganze Säle zum Toben, weil ihre Texte den Nerv der Menschen trafen.

Nora lernte schnell, denn sie war erblich vorbelastet. Gloria kam aus dem Rheinland. Die Liebe zu einem Mann aus dem Ruhrpott hatte sie seinerzeit ins Ruhrgebiet verschlagen, wo sie auch heute noch lebt. Bei Nora war es eben umgekehrt.

Hein beobachtete die Bemühungen seiner Mutter amüsiert. Sie gab sich wirklich große Mühe, Nora die Mentalität der Menschen hier näherzubringen. Langsam kehrte Routine in ihren Alltag ein.

\*

Luise stellte Nora im zweiten Jahr ihres Zusammenlebens den oberen Teil des Gartens zur Verfügung, den sie nach ihren Vorstellungen gestalten konnte. Da hier nur noch verdorrte Sträucher und Unkraut wuchsen, war sie tagelang damit beschäftigt, alles auszureißen.

Nora ging völlig auf in ihrer neuen Aufgabe. Sie plante, besuchte alle umliegenden Gartencenter, um sich Anregungen zu holen und palettenweise Pflanzen zu kaufen. Wenn sie im Garten arbeitete, vergaß sie auch die Zeit. Am Ende des Sommers blühten hier herrliche Sträucher, Gräser und viele bunte Blumen. Nora hatte ganze Arbeit geleistet. Wenn Hein sie suchte, brauchte er nur in den Garten zu kommen.

Auch an diesem Tag war er wieder einmal auf der Suche nach ihr. „Nora, wo bist du? Ich habe uns ein Eis mitgebracht." Er hielt die Hand schützend über die Augen, weil die Sonne blendete, und lief langsam, während er sich umsah, über den Rasen. Dann tauchte sie endlich hinter den großen Sträuchern auf. Zuerst sah er nur den hellen Strohhut, dann Nora mit einer Harke in der einen und einem Eimer Unkraut in der anderen Hand.

„Hier bin ich. Du bist ein Schatz, ein Eis ist jetzt ganz wunderbar. Danke." Sie setzten sich beide auf die alte Holzbank, die unter dem Kirschbaum stand, und genossen die leckere Erfrischung.

„Hein?"

„Ja, Nora, was ist?", fragte er zurück.

„Sag mal, stöhne und rede ich noch nachts im

Schlaf?"

„Du kannst ganz beruhigt sein. Seit einem halben Jahr habe ich nichts mehr gehört", antwortete er und gab ihr einen langen Kuss. „Du hast es endlich überstanden. Dank meiner guten Pflege natürlich."

„Pass bloß auf …" Nora deutete eine Ohrfeige an. Arm in Arm gingen sie über den Rasen Richtung Haus zurück.

„Ich muss dir was sagen, mein Liebling", sagte Hein.

„Wenn er ‚mein Liebling' zu mir sagt, ist sicher wieder etwas schiefgegangen", dachte Nora mit einem mulmigen Gefühl in der Magengegend.

„Ja, Hein, was ist passiert?", fragte sie dann.

„Der neue Jeep muss ein ‚Montagsmodell' sein."

„Warum?" Nora blieb kurz stehen und sah Hein an.

„Stell dir vor, ich wollte die Tür öffnen, um einzusteigen, und plötzlich hatte ich den Türgriff in der Hand."

„Du meinst doch nicht das nagelneue Auto, mit dem du heute das erste Mal gefahren bist?"

„Doch, ich weiß auch nicht, wie das passiert ist.

Kannst du dir mein Gesicht vorstellen?"

Das konnte sie. So etwas passierte auch nur ihm. „Mach dir nichts draus. Ist ja noch Garantie drauf", antwortete sie ihm lachend, während sie das Haus betraten.

„Ach Nora, das hätte ich fast vergessen, dir zu sagen: Katrin und Marc wollen Sonntag zum Essen kommen. Sie fragen, ob es Rheinischen Sauerbraten gibt."

„Denen scheint es wohl bei uns zu schmecken", antwortete sie, „und Sauerbraten gibt es auch." Katrin kam regelmäßig, um ihren Vater und sie zu besuchen. Für Nora waren diese Besuche ein Stück Ersatzfamilie geworden.

„Du weißt, dass ich Montagmorgen einen Mammographie-Termin habe?" Da Nora die Krebsvorsorgetermine immer sehr ernst nahm, war sie nicht besonders beunruhigt. „Wird schon alles in Ordnung sein", dachte sie. Aber ein gewisses Unbehagen schlich sich doch jedes Mal vor diesen Untersuchungen ein.

„Hast du Angst davor, Nora?"

„Nein, natürlich nicht", antwortete sie. Sie wollte ihn nicht beunruhigen.

„Ruf mich sofort an, wenn etwas ist. Tust du mir den Gefallen?"

„Mache ich", versprach sie. „Aber es wird nichts sein."

# Letztes Kapitel

## Gewissheit

Der Wecker klingelte morgens um halb sieben. Nora schreckte auf und stellte ihn aus. Sie hatte die halbe Nacht wachgelegen und war erst gegen Morgen erschöpft eingeschlafen. Heute war es endlich so weit. Das Ergebnis der Gewebeprobe lag vor und in zwei Stunden etwa würde eine Ärztin ihr mit mitleidigem Blick die Wahrheit behutsam mitzuteilen versuchen. Aber was war die Wahrheit? Tod oder Leben?

Das Bett neben ihr war leer. Hein war schon aufgestanden und hatte Kaffee gekocht. „Komm

Schatz, setz dich und trinke deinen Kaffee",
forderte er sie auf. Sie sagte nichts und trank ihn
schweigend. Tröstend nahm er sie in den Arm.
„Jetzt mache dich doch nicht verrückt. Es ist
doch noch gar nichts entschieden." Er tröstete
sie mit lieben, aufmunternden Worten und sie
sah ihm an, dass er selbst Trost brauchte.

„Du hast recht. Ich gehe jetzt duschen und dann
müssen wir auch fahren."

Hein wartete bereits auf sie, als sie aus dem Bad
kam. „Können wir, Schatz?" Fragend sah er sie
an.

„Gehe schon mal zum Auto. Ich komme sofort
nach", forderte Nora ihn auf. Die Türe fiel ins
Schloss. Sie hörte, wie seine Schritte im
Treppenhaus hallten.

Dann betrat sie den Balkon und blickte in den
Garten, der in voller Blüte stand. Die ersten
fleißigen Bienen ließen sich summend auf den
Blütenpollen nieder, um den Nektar zu sammeln,
und die Vögel zwitscherten in der Morgensonne.
Nora nahm dieses friedliche Bild in sich auf, als
wollte sie es für immer im Gedächtnis behalten.
Eine ganze Weile stand sie so da, den Duft der

Natur in sich aufnehmend. Dann holte sie tief Luft und folgte ihrem Hein mit festen Schritten zum Auto.

Eine halbe Stunde später saßen sie schweigend auf den Besucherstühlen der Krankenhausstation. Eine freundliche Dame am Empfang hatte sie aufgefordert, dort zu warten, bis sie aufgerufen würden.

Nora saß ganz still und in Gedanken versunken auf ihrem Platz. Sie war wie in Trance versunken. Weder nahm sie das leise Klirren der Untersuchungsinstrumente wahr, wenn sich die Türen der Behandlungsräume öffneten, noch das eilige Vorbeihuschen des Krankenhauspersonals.

Sie konnte auch später nicht mehr sagen, wie sie in das Sprechzimmer gekommen war. Auf einmal saßen sie und Hein ihrer behandelnden Ärztin gegenüber.

„Ja, Frau Unger", begann diese das Gespräch. In der Hand hielt sie Noras Krankenakte. Sie blätterte darin herum. Endlich schien sie gefunden zu haben, was sie suchte. Sie faltete ein Schreiben auseinander und las sich die wichtigen Passagen durch.

„Nun sag es doch endlich", dachte Nora und hielt die Luft an.

„Ich habe eine gute Nachricht für Sie. Das Ergebnis der Biopsie ist negativ. Es handelt sich bei Ihnen nur um ein paar harmlose Kalkabladerungen in den Milchgängen. Die sind in ihrer Anzahl und Größe so minimal, dass wir sie auch nicht entfernen müssen. Wir sollten sie allerdings im Auge behalten. Krebsgefahr besteht nicht." Die Ärztin stand auf. „Ich wünsche Ihnen alles Gute", sagte sie und gab ihnen zum Abschied die Hand. Dann wandte sie sich wieder ihren Akten zu. Das Gespräch war beendet.

Auf dem Flur wandte sich Nora an Hein: „Ich kann das jetzt alles gar nicht glauben. Es ging so schnell. Was hat die jetzt gesagt?"

„Wir brauchen uns keine Sorgen zu machen. Du hast keinen Krebs. Es ist alles in Ordnung." Er drückte sie fest an sich. „Komm, wir sehen zu, dass wir aus diesem Gebäude schnell heraus sind. Ich kann den Krankenhausgeruch nicht ab."

Sie traten durch die Drehtür auf den großen Vorplatz des Gebäudes. Dort wartete ein

Taxifahrer auf einen Fahrgast. Er hatte die Beifahrertüre offen stehen und hörte sich eine Musik-CD an. Die „Höhner" (die „Hühner") sangen gerade: „Mir maache hück die Naach – die Naach zom Daach. E Levve lang han ich op dich jewaadt ..."

Hein stellte sich mit einer Verbeugung vor Nora und sprach: „Darf ich bitten?"

„Was, hier?"

Er nickte. „Warum nicht?"

„Ja, warum eigentlich nicht."

Verliebt und glücklich tanzten sie zum Rhythmus der Melodie, die aus dem Taxi kam. Ein paar Passanten waren stehen geblieben und sahen ihnen lächelnd zu. Ein älteres Ehepaar, das gerade das Krankenhaus betreten wollte, wurde von der allgemeinen Stimmung angesteckt und drehte sich mit ihnen zum Takt der Musik.

Die „Höhner" sangen nun die Liedzeile: „Et Jlöck hätt dich in minge Ärm jelaat. Die Stääne stonn su jot – der Himmel laach", und Hein flüsterte seiner geliebten Frau die alles entscheidende Frage ins Ohr: „Willst du mich heiraten, Nora?

Ich liebe dich über alles."

„Et Schicksal will, dat mir zosamme sin", sangen die „Höhner", als Nora ihrem Hein fest in die Augen sah: „Ja, das will ich. Ich liebe dich."

Der Fahrgast war in das wartende Taxi gestiegen und schloss die Autotür. Die Musik verstummte. Die kleine Menschengruppe löste sich auf und jeder einzelne von ihnen ging mit einem Lächeln im Gesicht wieder seiner Wege. Das Schicksal hatte sie für einen Moment zusammen geführt, um ihnen diesen Augenblick des stillen Glücks zu schenken.

Übersetzung des „Höhner"-Liedes:
„Wir machen heute die Nacht – die Nacht zum Tag.
Ein Leben lang habe ich auf dich gewartet.
Das Glück hat dich in meine Arme gelegt.
Die Sterne stehen so gut – der Himmel lacht.
Das Schicksal will, dass wir zusammen sind."

Herstellung und Verlag:
BoD – Books on Demand, Norderstedt
ISBN 978-3-7322-4420-1